"Hello侦探小子"系列
阳光慧 著
WAIXINGREN JIANGLIN XUEXIAO
外星人降临学校
广西人民出版社

图书在版编目（CIP）数据

外星人降临学校 / 阳光慧著.—南宁：广西人民出版社，
2009.3

（Hello 侦探小子）

ISBN 978-7-219-06486-3

Ⅰ. 外… Ⅱ. 阳… Ⅲ. 儿童文学—侦探小说—中国—当
代 Ⅳ. I287.45

中国版本图书馆CIP数据核字（2009）第 014720 号

监　　制	江　淳　彭庆国
项目策划	马妮璐
责任编辑	马妮璐
责任校对	彭青梅　周月华

出版发行	广西人民出版社
社　　址	广西南宁市桂春路 6 号
邮　　编	530028
网　　址	http://www.gxpph.cn
经　　销	全国新华书店
印　　刷	广西大一迪美印刷有限公司
开　　本	787mm×1092mm　1/32
印　　张	6
字　　数	100 千字
版　　次	2009 年 3 月　第 1 版
印　　次	2009 年 3 月　第 1 次印刷
书　　号	ISBN 978-7-219-06486-3/I·1130
定　　价	13.50 元

用心聆听， 用心感受

为你们写书，是阳光姐姐觉得最幸福，最有意义的事！

姐姐喜欢和你们交流，倾听你们的感受，享受你们灿烂的笑容。

下面是一些小朋友看了姐姐的书的真实感受，我们共分享：

"我非常喜欢这些故事，推理得很好，讲述了同学们之间的事情，同时告诉我们遇事要冷静思考，认真判断。"程义文，十二岁。

"这些故事让我感到很有趣，使我印象深刻。我知道了侦探破案的一些方法，我很喜欢。"魏巍，十二岁。

"这里面讲的是同学们中的矛盾和友谊，这个'Hello侦探小子'系列小说应该让大家都看看。"刘阳，十三岁。

"喜欢侦探小子里的故事。可以让我展开奇思妙想，联想出下文，更善于动脑筋。"徐鹤阳，十二岁。

"这些书很好，很有趣，让我明白了很多道理。"谢然，十三岁。

"喜欢，因为它的每一个故事都告诉我们一个道理，都紧紧地联系着我们生活的实际。"王俊，十二岁。

"我看了，明白了犯了错就要承认，不要埋在心里，这样这个世界才会美好。"贺振博，十三岁。

阳光慧

侦探小天后推理会客室

主持人：侦探小天后
嘉　宾：兔宝宝（女孩）
　　　　贺鱼鱼（男孩）
　　　　小瓶子（女孩）

 侦探小天后：

"下面每个人说的都是假话，请问是谁弄翻了粉笔盒？

孔文文：'佩佩弄翻了粉笔盒。'

遥遥：'孔文文会告诉你谁弄翻了粉笔盒。'

安琪：'遥遥、孔文文和我不可能弄翻了粉笔盒。'

丁小涛：'孔文文弄翻了粉笔盒，所以，遥遥和安琪不太可能弄翻粉笔盒。'

1

佩佩："我弄翻了粉笔盒，遥遥是无辜的。'"

兔宝宝：

"啊，这个，我认为是孔文文，但又感觉是安琪，当然丁小涛也有点嫌疑，到底是谁呢？"

贺鱼鱼：

"哦，这道题看着有点乱，但是难不倒我小鱼的，咳，咳，答案嘛，呵呵，我还是不卖关子了，是遥遥弄翻了粉笔盒！"

小瓶子：

"看得我头都大了呀，对了，小鱼，你能说说理由吗？"

贺鱼鱼：

"很简单，孔文文说佩佩弄翻了粉笔盒。——是假话，表明佩佩是无辜的，后面佩佩又说是她自己弄翻了粉笔盒，遥遥是无辜的。——是假话，则验证了佩佩是无辜的，那么'遥遥是无辜的'则是假话，也就是说，是遥遥弄翻了粉笔盒。你可以将答案放到题目中验证。"

 兔宝宝：

"哎呀，小鱼，你好厉害啊。"

 贺鱼鱼：

"哈哈，那是当然喽，我经常看'Hello 侦探小子'系列的小说嘛！"

 侦探小天后：

"呵呵，小鱼，给你一朵小红花，不过你可不能骄傲哟。"

 贺鱼鱼：

"不会，不会，我怎么会骄傲呢，我很聪明耶！"

 侦探小天后：

"最近侦探小子淘淘他们班里来了个'外星人'，他身上到底隐藏了什么秘密呢？走，我们一起去看看吧。"

目　录

1

超神秘的新生

七月，蔚蓝的天空，悬着火球般的太阳，云彩好似被太阳烧化了，消失得无影无踪。

孔文文和安琪坐在树荫下，阳光从树叶间透射下来，她们的身上和地上印满铜钱大小的光斑。

微风吹拂着她们的脸庞，带走了一丝丝的燥热。

望着操场上玩耍的学生，她们谈笑风生。

"安琪，今天好像有一位新生要到我们班哦。"

"听谁说的？"

"班主任。"

"淘淘在干什么？"

"他去阅览室了。"

"又去看《福尔摩斯探案全集》啦，不愧是福尔摩斯的铁杆粉丝呀。"

上课铃响了。

班主任的神情跟往常有点不一样，她走上讲台，看了看同学，郑重地宣布："同学们，今天有新同学来到我们班，大家欢迎啊！"

讲台下，同学一个个面面相觑，新同学？在哪里呀？

班主任侧过脸，新同学刚刚一直跟在自己身后的……"咦，人哪去了？"

"苏静瑞同学，苏静瑞……"班主任走下讲台，走到教室门口，新同学正贴着墙壁站着。

班里的同学一个个盯着教室门口，期待这位新同学出现。

当苏静瑞慢慢地移进教室，同学们不由得屏住呼吸，睁大双眼。

教室里的空气似乎已凝固，静极了。

　　眼前的新生，竟然是这个样子：他把自己裹得严严实实，戴着厚帽子，戴着墨镜，戴着雪白的大口罩，穿着像宇航服一样的里三层外三层的"防护服"，右手还套着一个大大的手套。

　　"大家欢迎苏静瑞同学。"班主任用掌声打破这死寂般的沉默。

　　同学们欢迎不起来，倒是吸了口冷气。

"老师，天气这么热，他为什么要穿成那样？"一个男生站了起来。

班主任望向苏静瑞，连她的眼神也充满了疑惑。

苏静瑞只是静静站着，一动不动，也不说话。

顿时，整个教室就像平静的湖水被投进一块石头，泛起了层层涟漪：

"他是什么人呀？是不是不正常？"

"他是不是不适应地球环境？"

"难道他是外星人？"

"他是男生还是女生呀？"

……

淘淘注视着新生，墨镜和口罩把他的表情都挡住了，怎么会有这样的怪人？为什么在大热天穿得像大寒冬一样？难道他不会难受吗？看着都觉得心惊胆战。

"同学们，安静！"班主任严肃地问道，"这是你们欢迎新同学的态度吗？"

同学们都闭上嘴，脸上写满了不可名状的情绪。

班主任扫视着学生："好了，现在要安排座位了。"

班里的韩小彬立刻惴惴不安，他是单独坐的，前些日子，他的同桌转学，去了别的城市。

照目前的情形看，班主任极有可能把古怪的新同学安

排成他的同桌。

"韩小彬。"班主任叫他。韩小彬极不情愿地站起来。

同学们都注视着他。

似乎苏静瑞也在注视着他。

班主任扭过头微笑："苏静瑞，你就和他同桌吧。"

听到这，其他同学似乎都松了一口气。

韩小彬一脸沮丧，苏静瑞慢慢地向他靠近。

这时，大家才发现苏静瑞走路原来是如此的慢，俨如一个小老头小心翼翼地过马路。

班主任静静地等待他入座。

同学们又沸腾了：

"这样走路非得急死人不可。"

"难道他是慢性子？"

"也许是一身的'铠甲'让他走不快……"

"你们在干什么？又不是开讨论会。"班主任发火了，顿时，同学们又变安静了。

韩小彬盯着苏静瑞，他的胆子最小啦，像苏静瑞这样怪异的人，让他感到恐慌、害怕。

终于，苏静瑞走到了课桌旁，慢慢地坐下。

班主任走上讲台，开始讲课。

韩小彬偷偷观察着苏静瑞，难道他不怕热？穿那么

多，包得像个粽子，岂不是活受罪？不明白，真的不明白。

韩小彬有一个毛病，喜欢开小差。他能感受到苏静瑞身上散发着热气，一波接一波，这让他联想到了蒸桑拿。记得在一个寒冷的冬天，爸爸带他去洗桑拿浴，那种感觉舒服极了。想到这，他的脸才舒展了一些。

苏静瑞端坐着，听课很认真的样子。

韩小彬还瞥见苏静瑞在做笔记，他用左手写字，韩小彬探探头，嘿，这个古怪新同学写的字比蚂蚁爬的还要难看。

下课不久，教室便被别班的学生围得水泄不通，他们都来看苏静瑞，这个罕见的"怪物"。

学生们纷纷猜测，议论最多的话题就是苏静瑞是不是外星人。只有外星人才不适应地球环境，才会把自己包裹起来，很多科幻电影都是这么说的。似乎所有的人都同意了这一观点：苏静瑞有可能是个外星人。

教室里显得很闷热，人群不断涌动，唯独苏静瑞静静坐在那里，视若无睹。

淘淘、孔文文和安琪坐在校园里的草坪上，各有所思。

"你们觉得苏静瑞是外星人吗？"安琪晃了晃脑袋。

"有点像……又不敢确定……总之，他是一个怪人。"孔文文眨动眼睛。

"如果他是外星人会让人知道吗？"淘淘想了想，"虽然外星生物有存在的可能性。"

"看样子他有秘密。"孔文文看着他俩。

"管他是何方神圣呢，没和他同桌就是好事。"安琪庆幸。

"你说他为什么要把自己包裹起来呢？走路为什么会那么慢呢？好多的疑团呀。"爱思考的淘淘忍不住发出疑问。

不远处，韩小彬和几个好朋友在商议着什么，韩小彬听了几个好朋友的话之后，显得有些为难，但几个好朋友又一副咄咄逼人的样子。

这时，班里一个高大的男生走来，他叫王强。

韩小彬比较怕他，因为王强从不把他放在眼里。

"韩小彬，你们几个又在悄悄地说什么呀？"王强一副傲慢的姿态。

"王强，你怎么这么喜欢偷听别人说话。"韩小彬的好朋友贺鱼鱼个性直爽，人称"小鱼"。

"小鱼，我问你话了吗，啊？！"王强显得很生气，他容易暴怒。

"怎么？想打架呀，我可不怕你。"小鱼气哼哼地。

王强咬牙切齿："我今天正手痒呢，终于有地方挠痒痒了。"

韩小彬和另外几个好朋友急忙劝说：

"误会，误会。"

"小鱼不是那个意思。"

"小鱼是开玩笑的。"

小鱼可不想当"窝囊废"，即使打不过王强，他也不想丢面子。

韩小彬很了解他，立刻拉他到一旁："小鱼，好汉不吃眼前亏，干吗跟他计较呀？"

小鱼不服气："难道你不想教训他？难道你愿意让他一直踩在头上？"

"我……我……我……"韩小彬无言以对。

"你可真是的，既胆小又懦弱。"小鱼推开他，准备去迎战王强。

韩小彬呆站着，被好朋友指责的滋味可真不好受。

王强脱下外套，系在腰上，然后又挥挥拳头，做出准备拳击的姿势。

小鱼甩掉其他人的手："是好朋友就不要拦我。"

几个人对望，不知如何是好。

王强抢先一步，一下子把小鱼推倒在地，两个人扭打在一起。

"别打了!"

"别打了……"

周围的学生统统围了过来，包括淘淘他们三个。

孔文文以班长的身份拉开王强和小鱼：

"你们吃了豹子胆啦，敢在学校打架?!"

王强和小鱼各自拍打着身上的尘土，小鱼脸上有淤青，鼻子有点出血，显然王强占上风。

"跟我斗，也不看看你有几两重，哼。"王强嗤之以鼻。

小鱼擦掉血迹："暑假我一定去学武，到时候看你还能嚣张多久。"

"哎呀——我好怕怕啊!"王强笑起来，样子有点欠扁。

"你们最好别惹事了，都是同学，有事好商量，非得短兵相接吗？真是的。"孔文文拍了他俩各一下。

安琪也说了两句："班长说得有道理，你们要想想后果，不能冲动。"

小鱼瞥了韩小彬一眼："别忘了我们交代的事。"说完他独自向医务室走去，还有两个好朋友也跟了过去。

人群散开，韩小彬想要去医务室看看小鱼，不料王强叫住他，他只好乖乖站住。

"你们要做什么事？"王强什么都想知道，特别是别人的秘密。

韩小彬心里咯噔一下，勉强挤出笑容："没什么事，真的。"

王强围着他走了一圈："没事？"

"嗯，没事。"韩小彬不敢抬头看他。

"你敢骗我，我有那么好骗吗？"王强最喜欢用这句话吓唬韩小彬，每次都奏效。

"没……有……那么……一点点儿。"韩小彬支支吾吾。

"说话要清楚，不要口齿不清。"王强是个表面看着五大三粗，实质很精明的人，这可能来源于他父母的遗传，他父母是成功的生意人。

"是关于……外星人……"

"外星人？"王强一下子变得兴奋，他很好奇外星人的事情。"快点说！"

"我只是跟他们说我发现的一个秘密，外星人苏静瑞好像不流汗的。"韩小彬擦了擦额头上的细汗，外面真热，特别是在王强面前。

10

"不流汗？不可能。"王强摇头。

"真的，我也纳闷他裹得那么紧，为什么不冒汗？后来我偷偷观察，你知道我发现了什么吗？"韩小彬说得很认真。

王强开始有点相信了："什么？"

"他喘粗气，我听见他一直在喘气。"

"你是说他用喘气来散热？"王强转动眼珠子，"不知道他长什么样子……"

韩小彬抬头："我能回教室了吧？"

"不对，你肯定还漏掉了什么没跟我说。"王强用眼睛瞪了他一下。

"我哪敢……真的就这些。"

"那么小鱼交代你什么事？"

"他让我以后有什么外星人的情况就跟他们说。"

"那小子也对外星人感兴趣？"王强沉思了一下，"你走吧，有什么新发现一定要及时告诉我。"

"哦。"韩小彬点头，跑开。心里却在犯愁，因为他只说了一部分，另一部分他没说是担心会出乱子，他很不安，几个好朋友交代的事让他忐忑不安。

让人好奇的外星人

实验大楼的实验室聚集了很多学生，快上课了，这一
堂是科学实验课。

白老师见学生差不多都到齐了，着手做起了实验。

同学们都安静地观看。

白老师边做实验边提问：

"昆虫的共同特点是身体分为哪三部分呀？"

一个学生大声说："头、胸、腹三部分。"

"嗯，答对了。"白老师抬头一笑，"那么头部有什么？胸部有什么？"

另一学生说："头部有触角，胸部有翅膀。"

学生的回应很积极，白老师很高兴："谁能说出什么不是昆虫？"

学习委员宣娜说："蜘蛛没有翅膀，所以蜘蛛不是昆虫，蜘蛛属于节肢动物，蛛形纲，有 3.5 万多种，遍布于全世界，中国有 2000 多种呢。"

上课铃响。

白老师提问得兴高采烈："什么颜色的衣服能吸收更多的太阳热量，因此，比较适合在冬天穿？"

"黑色。"学生们齐声叫，有的学生还调侃，"地球人都知道……"接着女生们都爆笑如雷。

白老师也忍不住笑笑："用湿度计测量出一杯水的温度为 26℃，杯中加入少许的冰块和盐后，测得水温度为 5℃，再加入冰块和盐，这时测得杯中水温为 -3℃。这杯水的温度一共下降了多少度？"

学生们开始念念有词地计算着，宣娜第一个回答出来："29℃。"

白老师拍手鼓掌："大家都表现得不错，现在要给大

家介绍一下我刚做完的实验,人都到齐了吗?"

孔文文站起,扫视了一遍实验室:"老师,还有一个同学没到。"

白老师正要问出口,有几个男生叫道:"外星人没来,外星人逃课啦。"

"外星人?"白老师疑惑。

孔文文赶紧补充:"是新生,名叫苏静瑞。"

"他可能还在教室里,我离开教室时看见了。"一个女生说。

"班长,你去叫他来上课。"白老师说。

孔文文点头,跑出去。

很快她到了班级教室,只见苏静瑞正在用左手吃力地画着什么。一听有人进教室,他匆忙收起来,往课桌里塞,但没塞进去,滑到了地板上,他并没有发现。

孔文文看见了,想知道他画的什么,便走近他:"你怎么不去上课?"她瞥了一眼桌底,原来他画的是画,线条看起来有些笨拙,内容有点让人捉摸不透,总体还是不错。

苏静瑞摇摇头。

"你不去?那可不行。"孔文文想去拉他,但又有点犹豫。

苏静瑞还是摇头。

"什么意思?"孔文文俯身捡起地上的画,递给他,"你的画,画得不错。"

苏静瑞似乎呆立了一会儿,慌忙夺过画,接着他用左手拉出书包,打开,从文具盒里取出一张纸。

孔文文打开看,发现纸张上居然有校长的签名和盖章,更令她惊讶的是纸张上的内容:允许苏静瑞同学不去上体育课和科学实验课,大中型活动也可以不参加……

"这，这是怎么回事呀？"

苏静瑞没有回答她。

从头到尾他根本就没有说过一句话。

难道他是哑巴？

不对，如果他是哑巴，应该去聋哑学校才对嘛。孔文文目不转睛地盯着他，她不明白为什么他会有那么多特例。他是什么人呀？

孔文文只好转身去实验大楼。

教室里，苏静瑞慢慢走向窗户边，左手拉着窗栏，望着实验大楼的方向。

到了实验室，孔文文把校长的特别准许告诉了白老师，不过她是单独跟他说的。

白老师听后没说什么，他开始教学生做实验。

下课。

孔文文把那件事告诉了淘淘和安琪，这让淘淘更加不解，苏静瑞到底有什么秘密呢？

孔文文想到了他的画："不知道为什么，总觉得心里很不舒服。"

"怎么了？"淘淘和安琪奇怪。

"他画了一张画，全是物体的背影，黑色的阴影，有的浓重，有的暗淡……"孔文文拍拍脑门，"哎呀，说不清楚啦，我是不是有点神经过敏啦……他，总觉得他好恐怖，画出一张让人恐慌的画。"

"不会吧，有那么可怕？"

"不说他了，说点别的。"孔文文很心烦的样子，"安琪陪我到树荫下散散步吧。"

淘淘望着孔文文和安琪远去，看来苏静瑞没那么简单，居然让班长心烦起来了……

韩小彬和小鱼从淘淘身旁走过，小鱼在指责韩小彬："怎么搞的？那么一点小事都办不好。"

"你不知道，他课间几乎不离座位，我很难下手呀。"韩小彬显得很委屈，"怎么这么倒霉，什么事都让我给碰上了，本来该到手了，竟被宣娜给看到了。"

"别抱怨了，如果我和外星人同桌，绝不会像你这么失败，叫你拿本书都拿不到。"

"如果下次我办到了，你们准备做什么呀？"

"你不参加还问那么多。"

"但我毕竟帮忙了呀，怎么什么都不告诉我呀？"

"到时候再说。"

两个人走到班级门口，看到教室里还是人满为患，就转道走向别处。

一个老师经过，以为是发生什么乱子，把学生都遣散

开，才知道原因。

这位老师看到苏静瑞的第一眼，先是惊讶接着感到不解，不过他只是给其他班的学生敲了一下警钟，不许把教室围得水泄不通，这样会影响健康的，而且人多挤来挤去很危险。说完老师就走了。

围观的学生一下子少了一大部分。

"还是老师说的话管用啊。"安琪和孔文文靠在门框边，"教室一下子变宽敞了，空气清新了许多。"

"本来就应该这样嘛，"淘淘走来，眼睛望着苏静瑞，"人多我可受不了。"

"没办法，好奇是人的天性。幸好有老师来了，否则世界还真乱了套啦。"孔文文做出一副庆幸的神态，"没有规矩，不成方圆嘛，有人管束还是好的。"

"在学校有老师管着，在家里有家长管着，有什么好？一点自由都没有。"王强大声叫道。

"王强，你有没有搞错，你知道你是什么吗？"孔文文呵斥他，这小子最自大啦。

"什么呀？"王强望着她。

"璞玉。"

班长一出口，全班的同学都哈哈大笑。

"璞玉？我怎么成璞玉啦？"

"唉，你现在成朽木啦。"

顿时，同学们笑弯了腰。

"朽木！"王强满脸通红，"班长，你耍我呀？"

"你怎么不开窍呀？宁愿当朽木也不愿当璞玉？"孔文文拍拍他的肩膀。

"王强啊王强，你连这个都不懂啊？"小鱼用嘲笑的口吻说，"班长的意思很明了，老师和家长就是开凿你的能工巧匠，这就是规矩，成长的规矩。"

"Bingo！（宾果）"孔文文拍手叫好，"说得太好啦。"

"明知道我语文不好，还跟我卖关子。"王强瞪了一眼班长，走开时还故意去撞了一下小鱼，小鱼差点没跌倒。两人怒火直冒，却都没发作。

苏静瑞一直在座位上坐着，当王强用别样的眼光瞥了他一眼时，不知为什么他的手抖动了一下。

中午放学。

同学们都蜂拥地往外跑，只有苏静瑞一个人坐在座位上没动。

当所有的人都走光，他才慢慢背上书包，离开座位。

走到教室门口，突然蹿出一个男生，是王强。

苏静瑞被吓了一跳，脚颤抖了一下，接着他往后退，双手不停地抖，似乎很紧张的样子。

王强瞪着眼，一步一步逼近他：

"外星人，我想看一下你的真面目，你不介意吧？"

苏静瑞摇头，一个劲地摇头，向课桌旁退去。

王强笑了，外星人越是不让看，他越想看。

"真不让看？那我就不好意思啦。"

王强的话刚说完，苏静瑞突然搬起身旁的椅子，对着王强挥动，示意他不要靠近。

"你以为这样就能阻止我吗?"说着,王强把书包卸下,放到一旁的课桌上。

苏静瑞显得更紧张了,口罩在他脸上颤动,他在大口大口地喘气。

"你就让我看一下有什么关系呢?反正现在又没别人。"王强张开双臂,目光直往椅子上瞟,他想抓住椅子,抓住外星人临时的防身武器。

苏静瑞显得有些吃力了,他完全是靠左手搬起椅子。

王强看出来了:"要不我们交换一个条件?"他转身向后走,脸上堆满了笑意,这是他的诡计。

苏静瑞见他没回头,不知道他想干什么,手中的椅子也停止挥动。

猛然间,王强一转身,冲上去抓住了苏静瑞手中的椅子。苏静瑞吓坏了,喘气声很不均匀的样子,他死死抓住椅子不放。

王强的双手也抓得很紧,但是看情况,苏静瑞处于下风。试问一只手的力量能敌得过双手吗?

然而王强又多了一个心眼,他担心外星人如果松手的话,自己肯定要摔个四脚朝天。

于是,他先松手了,结果苏静瑞失去了平衡,向后倒去,一屁股坐到了地板上,椅子砸到了腿。

苏静瑞用左手揉着小腿部位，好像很痛苦。

王强愣住了，有些不知所措。

"静瑞，静瑞……"教室外传来一个妇女的声音。

王强的心跳加速，胸口一起一伏，他害怕极了。接着他箭似地冲出教室，与一个中年女士擦肩而过。

中年女士继续叫："静瑞，静瑞，你在哪里呀？"

教室门口出现了苏静瑞，他身上已没有了尘土。

中年女士脸上担心的神情一下子化成了忧伤，她冲过去，抱住了苏静瑞："对不起，到现在才来接你，我们回家吧。"

苏静瑞挽着中年女士的手臂向前走，走得有点瘸。中年女士发现了，大惊："怎么了？你的腿怎么了？"

苏静瑞摇摇头，用左手做了一个 OK 的手势。

"没什么大碍就好，回家后我给你查看一下。"中年女士脸上似乎沉淀着一种悲伤。

两个人渐渐远去。

学校门口走出来一个女生，个子高高的，短头发，是中学生，名叫方楠。

她静静地望着消失在人流中的苏静瑞。

外星人的叫声

下午，第一堂是体育课。

同学们都去操场集合了，教室里只剩下苏静瑞一个
人。

他靠在窗户边，不知在看什么，右手不动，左手时不
时地握紧。

操场上，淘淘发现苏静瑞在看着同学们，心中不免又

纳闷起来。

　　似乎苏静瑞觉察到淘淘的别样眼光，急忙离开窗户。

　　体育老师吹着哨子，学生们做着体操。

　　体操做完，体育老师开始做示范，教学生做俯卧撑。

　　学生们一个个跃跃欲试，结果做下来，一个个累得满头大汗，直说太难了……

　　体育老师说："不出汗能叫运动吗？汗是什么你们知道吗？"

24

"汗就是水，身上的汗流光了不就等于水分排干了吗？"一个男生说。

"你只答对了一部分，首先你为什么会流汗呀？答案当然是身体发热，产生热量，热量释放可以使体内的脂肪消耗，所以运动是可以减肥的，更重要的是能锻炼身体，使身体更强健，增强免疫力。"体育老师微笑，"记得运动完要及时补充水分，多喝水，知道吗？"

学生们齐声叫好，继续运动着，似乎更加卖力了。

"可是外星人不会流汗呀，老师。"王强突然蹦出这么一句话。

"外星人？"体育老师不解。

"老师，他说的是苏静瑞。"一个男生插嘴。

"人家可是新生，有这样拿同学调侃的吗？一点儿都不懂得尊重别人。"体育老师望了望教室。

"我说的是真的。"王强嘀咕。

"好啦，别多话，快点做运动，停歇下来效果就不好啦。"体育老师看了看表，"再做十分钟俯卧撑，你们就可以自由活动了。"

十分钟后，学生们都散开去玩耍了。

苏静瑞从教室走出来，向公用卫生间走去。

篮球场上，小鱼碰了碰韩小彬，韩小彬回头，才明白

25

小鱼的意思。

小鱼笑笑，韩小彬只得向教室迅速跑去。

教室里有几个学生，都在忙各自的事。韩小彬东张西望，走到苏静瑞的座位，坐下后，他轻轻地打开苏静瑞的书包。第一次做这样的事，让他感到心慌意乱。他急急抽出一本书，一看是美术书。

管它是什么书呢，反正都是书。他把美术书夹在腰上，盖上衣服，然后匆忙跑出教室。

刚跑出不远，小鱼迎了上来："到手了没?"

"到手了。"

"走，到一旁去。"小鱼拉走他。

来到一个角落，韩小彬把书给他。

小鱼拿着书本，脸上露出满意的笑容。

"接下来呢?"韩小彬问。

"我想看看外星人的真面目。"

"什么?"韩小彬大惊，"哪有那么容易的事呀?"

"不试试看怎么知道?"小鱼显得很自信，"好啦，你去玩吧，余下的你不用管了。"

"你们打算做什么?"韩小彬好奇地问。

"你想参与吗?"

"我，我……"韩小彬想参与，但又害怕苏静瑞，他不想冒那个险，"事后你一定要告诉我结果。"

"会的。"小鱼拍拍他的肩膀。

韩小彬跑开，望向教室，苏静瑞已在里面，他并没有异样，看来他还没发现美术书被拿了。

不料王强拦住了韩小彬的去路："站住！跑什么跑？"

"怎么了？"韩小彬以为自己偷拿了外星人的书，被他看到了。

"你看你那傻样，"王强嘲笑他，"我要你做件事。"

"什么事？"

"查查外星人的住址。"

"住址？怎么查呀？"

"那是你的事，"王强喝了几口矿泉水，"我只给你一天时间，明天下午我必须知道，听到没有？"

"哦。"韩小彬低下头。待王强走远，他才重重地"哼"了好几声，又做了一个鬼脸。

课间。

宣娜去找刘苹聊天，刘苹是苏静瑞的前桌。

无意间宣娜碰掉了苏静瑞的文具盒，盒内的东西滚了出来。

宣娜连忙道歉，赶紧捡地上的东西，当她把东西拾进文具盒，发现盒内有一张纸条：想要你的美术书，放学后

到阶梯教室后面去。

准备俯身捡自己东西的苏静瑞也看见了，他停顿了一会儿，急忙翻书包，查看了之后，他只是呆坐着。

宣娜把文具盒放到他的课桌上，看了他一会儿，他的手在轻微地抖动。

"宣娜，聊聊你的学习经验吧。"刘苹说。

"哦，好的。"宣娜把目光转向刘苹，"我觉得在课上认真听讲才是最重要的……"

淘淘在座位上看着《福尔摩斯探案全集》，没一会儿，宣娜凑过来："淘淘，有件事我要跟你说一下。"

淘淘合上书，跟她出教室。

"淘淘，对苏静瑞，你有什么看法？"

宣娜的话题很奇怪，淘淘摇摇头："怎么突然问起这个？不明白。"

"我只是随便问问，"宣娜看着他，"放学后你去一趟阶梯教室后面。"

"去那里干什么？"

"我也不知道，"宣娜想了一下，"不知道是谁写纸条给苏静瑞，我看到他的反应……很不安的样子。"

"哦，明白你的意思。"淘淘微笑，宣娜总是那么善良。"我会去的。"

傍晚放学。

苏静瑞在座位上踌躇不决。淘淘偷偷瞄了他几眼，并没有急着背上书包。

苏静瑞把手伸进口袋摸了摸，接着他背上书包，慢慢离开教室。

淘淘扫视了一下教室，并没有人跟在苏静瑞的后面，难道写纸条的人先去了那里？

他匆忙背上书包，跑出教室。

苏静瑞走路依然不快，淘淘在他身后跟着都觉得焦急。

阶梯教室后面的一排树下，小鱼和几个好朋友围坐着，中央放着一本美术书。

"怎么还没到?"小鱼不耐烦道。

"他走路慢得像乌龟，没有人不知道的。"一个男生说。

另一个男生转着眼珠子："你说他走路为什么那么慢?"

"他是外星人呗，又不是地球人，肯定不一样啦。"

几个人似乎都赞同了这个观点。

"外星人来了!"一个男生立刻爬了起来。

苏静瑞站在转角处，左手伸进了口袋。

"过来，站在那里干吗？"小鱼抖了抖手中的美术书。

苏静瑞脚步动了动，左手却在颤抖。

"拜托，能不能走快点？"一个男生叫，接着又以另一种声音说，"唉哟，外星人本来就走不快，你叫他怎么快呀……"

小鱼和几个男生立刻哈哈大笑。

小鱼忽然用美术书拍了拍大腿，狂笑不止："我知道了，我知道了，外星人为什么走路慢？因为外星人出门有飞碟代步，所以他们的脚退化了，失去了一部分运动机能。"

另一个男生笑："外星人真懒，连走路都不愿走。"

小鱼用美术书拍了一下这男生的脑袋："你笨呀！外星球到处都是火山坑，叫他们怎么走呀？"

其他人拍手叫道："说得对，说得对……"

"火山坑？那外星人肯定长得像怪物。"

"为什么？"

"火山坑不是随时会喷发吗？"

"哈哈……"

苏静瑞的左手颤抖得更厉害了，他没再走动。

不远处的墙角边，淘淘听得很刺耳，小鱼他们有些过分了，他得看情况，见机行事。

"外星人，你怎么又站着不动啦?"小鱼一步一步向苏静瑞靠近。

苏静瑞并没有后退，左手忽然不抖动了，但仍放在口袋中。

"你想要书吗?"小鱼挥动了一下美术书。

"小鱼，你这不是废话吗? 他既然来了，明摆着要书嘛。"一个男生笑着。

小鱼瞥了他一眼："拜托，我是在跟外星人说话，难道你没发现外星人从未开口讲话?"

另外几个男生撇撇嘴。

"喂，外星人你要书可以，不过有条件哦。"小鱼笑。

苏静瑞很静，出奇的静。

"把你的真面目给我们看看，还有，说几句话给我们听听。"小鱼说完，其他几个男生也向苏静瑞靠近。

淘淘担心地望着苏静瑞。

突然，苏静瑞的左手迅速从口袋伸出来，一把自动伸缩式小刀已握在他的手中，"咔嚓"一声，刀片被弹了出来。

这几个男生顿时一惊，向后退了一步。

"外星人，居然带刀!"

墙角的淘淘也吓了一大跳，这几个家伙把苏静瑞给激

31

怒了，带小刀可能为了防身。

"怎么办？该怎么办？"淘淘急出一身冷汗。

"我们把书给他吧。"其中一个男生担心地说。

"我们可是好几个人，他就一个人。"小鱼似乎不想放弃这次好机会。

苏静瑞挥动起小刀，伸出戴着大大手套的右手，显然他是跟小鱼要美术书。

"小鱼，把书给他吧。"另一个男生说，"他好像只是要书。"

男生的话刚说完，苏静瑞就使劲地点头。

"快点给他呀，小鱼！"其他几个男生有点烦躁不安。

小鱼紧握着美术书，心里却在盘算着。

"好吧，我给你，不过你得把刀收起来。"小鱼把书伸向苏静瑞的右手。

苏静瑞握紧刀的手松了松，他在考虑的样子。

"对不起，我们只是想看看你，并没有恶意的。"小鱼想用语言来攻破苏静瑞心底的防线，这就是他的算盘，好奇心一直盘踞着他的心头，让他无法释怀。

"来，书给你，"小鱼又向他靠近了一些，"苏静瑞，你也知道我们只是好奇，你说天下谁不好奇呢？好奇并不代表行为就是坏的，是吧？"

苏静瑞听着，把刀片弹回刀柄中。

其他几个男生拍了拍胸口，大大松了口气。

墙角边的淘淘也松了口气，用手擦了擦额头上的冷汗。

然而，就在这一刻，小鱼的嘴角突然有了笑意，他迅速用另一只手打掉苏静瑞手中的刀，迅速把苏静瑞推倒在地，把书扔在一旁，再用双手摁住苏静瑞的双手。

其他的人都看呆了，似乎连呼吸都忘了。

苏静瑞在草地上挣扎，小鱼把他压得紧紧的：

"你们站着干吗？快点帮忙呀！"

淘淘的肺都快气炸了，他不能容忍小鱼这样的行为，正当他准备出手制止时，意外的事发生了。

草地上的苏静瑞突然发出了声音，一种不可名状的嘶哑声，像是来自另一个世界的声音，或者像是来自外星球，惨烈而令人震惊。

这一刻，所有的人都吓住了，小鱼不自觉地松开手，向后退缩。

接着其他几个男生丢了魂似地跑开，回头丢下了一句话："小鱼，以后别再叫上我们了。"

小鱼抓起书包，踉踉跄跄跑过淘淘身旁，竟没有发现淘淘。

草地上，苏静瑞声嘶力竭的叫声依旧回响着，声音像有灵性似的，穿透人心，让你感到揪心的疼。淘淘不知不觉滑落了一滴眼泪，他默默地走开了。

外星人的处境

第二天早上，小鱼到了班上并没有把昨天发生的事宣扬出来，但是他看苏静瑞的眼神更加古怪。

淘淘对于小鱼的行为很反感，同时加深了对苏静瑞的疑惑，他发出的那种怪叫声一直萦绕在淘淘耳边，挥之不去。

想来想去，淘淘还是把那件事告诉了文文和安琪。两

个女生感到不可思议，似乎有些许的惊恐，同样她们也反感小鱼的行为。

三个小伙伴打算先观察观察苏静瑞，同时也会加以防范，尽量不要让坏事发生。

韩小彬急不可耐地去找小鱼，因为他看到美术书在外星人的手上了。

小鱼正在操场边的草地上无聊发呆，他要再找几个合作者，先前的几个好朋友不打算再研究外星人了。

韩小彬看到小鱼的表情，感到奇怪："怎么样了？难道你们失败了？"

"唉，别提了。"小鱼心情不好，"都怪他们没配合好，否则就不会失败。"

"不会吧？你们那么多人对付不了他一个人。"韩小彬感到心惊胆战。

"你瞎说什么呀，我对付不了外星人？开玩笑！"小鱼撇嘴又瞪眼。

"那我问问你，他真的是外星人吗？"

"不仅是外星人……还是怪物！"

"怪物？"韩小彬瞪大眼睛，"为什么说他是怪物？"

"他会怪叫，就像是从地狱里发出来的那种声音。"小鱼张牙舞爪地对着他"鬼叫"。

韩小彬吓得倒退了好几步："不是吧？这么吓人！"

"不跟你聊了，我还有别的事。"小鱼起身离开。

韩小彬抓了抓脑袋，跟怪物同桌，岂不是死定了，而且自己还偷拿了他的书……完了，完了，要是被他知道了……怎么办？怎么办？

胆小的人总是杞人忧天。

"韩小彬——"

韩小彬身体一颤，被着实吓了一大跳，转身一看，是王强来找他了。

"叫你怎么不回应？耳聋了呀？"王强眼神疑惑，"你的样子怎么像丢了魂似的呀？"

"没有啦，你也知道我是胆小鬼，刚才被你吓到了。"韩小彬左右瞥了一眼，似乎担心女生看到，他最不愿意在女生面前丢面子啦。

"还真胆小，"王强笑，"住址搞定了没有？"

"时间不是还没到吗？"

"我等不及了，中午放学后我必须得知道。"说完，王强头也不回，匆匆走了。

韩小彬哭丧着脸："你这个说话当放屁的家伙……"

怎么办？要在放学前搞定，这怎么可能呢？时间太短了……可恶的家伙！

　　韩小彬也恨自己不成器："上天！请你赐给我力量吧，求求你啦。"

　　课堂上，同学们都在安静地听课，教室里只有语文老师亲切的声音在回响。

　　一切都似乎在和谐地进行着，教室里突然多了一种声音，像一把锯子要把空气撕裂，就像平静的湖面猛然蹿出一头凶猛的鳄鱼。

　　所有人都把惊恐的目光集中到一个地方，只见苏静瑞左手捂着口罩嘶哑地咳嗽着，连带身体也不停地颤动。

同学们一惊一乍，慌乱地看着他。淘淘无比诧异，再看一眼安琪和孔文文，她们的表情更夸张。

语文老师慌慌张张跑过去："苏静瑞，你怎么了？"

苏静瑞颤抖着站起，摆了摆右手，左手仍旧捂着嘴，咳嗽着。

"你都咳成这样了，怎么可能没事？走，我陪你去医院看看。"语文老师要去扶他。

苏静瑞又摆摆手，离开座位，走出教室。

语文老师跟了过去。

教室里一下子沸腾起来：

"天哪！外星人好可怕呀！"

"原来外星人的声音是那样子的。"

"外星人为什么会咳嗽？"

"难道外星人生病了？"

教室外，语文老师好像在跟苏静瑞说着什么，接着语文老师回教室了，苏静瑞走远了。

"安静！同学们安静！"语文老师见教室里乱成一锅粥，怒气大发。

学生们很快静了下来，语文老师清了清嗓子："现在继续上课。"

"老师，外星人去哪里呀？"一个学生问。

39

"外星人?"语文老师盯着他,"你都十一岁了,这么不懂礼貌?"

"老师,他那个样子不是外星人是什么呀?"

"别胡说,你们是不是科幻电影看多了?竟瞎想些没有的。"语文老师拿起课本,"好了,大家好好听课,我没提问,谁也不许说话。"

就这样,全班同学憋着一肚子的话挨到了下课。

苏静瑞又成了议论的焦点,同学们都很不安。

韩小彬一脸焦急,还有两节课就放学了,他找上了班长。

"班长,你知道外星人的家庭住址吗?"

孔文文不解:"你要这个干什么吗?"

韩小彬以为班长知道,像抓到了救命稻草:"太好了,班长快告诉我地址,快,快,快。"

"我不知道呀。"孔文文撇嘴。

"不——知——道?"韩小彬一颗心又悬了起来,惨了,该怎么办?

"你去问班主任呗。"孔文文看着他。

韩小彬走开,问班主任的话该用什么借口呢?

他慢慢地走回座位,猛然间眼前一亮,外星人的书包还在课桌内……他"嘿嘿"地笑着,向办公大楼飞跑而去。

见到班主任，韩小彬显出很诚恳的样子：

"老师，苏静瑞的书包忘记拿了，我想在放学后把书包送到他家。"

班主任笑了笑："看来你们相处得不错嘛，那我就放心了，不过，你不用帮他拿了，他很快就会回学校了。"

韩小彬一愣，慌忙挤出微笑："老师，如果他下次没回学校怎么办？"

"你想得可真周到。"班主任拍了拍他的肩膀，告诉他苏静瑞的家庭住址。"下次就劳烦你了。"

韩小彬高兴极了："我们是同学，还是同桌，互相帮助是应该的。"说完他感觉有点惭愧，毕竟他说谎了。

班主任欣慰地笑笑。

离开办公楼，韩小彬并没有急着把住址告诉王强，而是去散散步，放松心情。

操场上，小鱼又拉拢到两个人。一个叫秦尚文，直肠子，力气大，喜欢扔铁饼，总是扔得特远，跟人打架时，也总爱把人扔出去。另一个叫梁艾奇，个性仗义，最喜欢看武打电影，同时也是个机灵鬼。

小鱼把情况跟他们说了一下，他们非常感兴趣，觉得能最先得知外星人的长相，是一件有趣好玩的事。

有了共同的目标，他们便计划着对付外星人。

数学课上，苏静瑞在同学们惊讶的目光中回教室了。

他端坐着，翻开笔记本，用左手歪歪斜斜地记录了一下黑板上的知识要点。

淘淘回头望了望苏静瑞，到底他身上隐藏了多少秘密？他又扫视了一下同学们，从好奇的角度讲，似乎有很多同学对苏静瑞虎视眈眈——苏静瑞的处境并不乐观。

中午放学。

苏静瑞没有回家，他去了学校的食堂吃饭。

王强气得直咬牙，刚才从韩小彬那里得知了外星人的住址，本想趁中午时间去拦截他，现在成泡影了。不过，他在学校里吃饭，也算是好事吧，机会更多了。

小鱼、秦尚文和梁艾奇跟在苏静瑞后面，也进了食堂。

淘淘、安琪和孔文文在学校一角的休息椅上坐着，他们没回家，也是因为苏静瑞。

"淘淘，你说苏静瑞会有麻烦？"孔文文注视着他。

安琪抿了抿嘴唇："他可是外星人耶，麻烦对他来说应该不算什么吧？"

"我只是觉得他一个人寡不敌众，特别是他昨天傍晚的叫声……"淘淘仍旧心有余悸。

"如果他是危险人物，该怎么办？"安琪瞪大眼睛。

"我感觉他不是。"淘淘想了想。

孔文文没说话，只是静静地听。

安琪望向远处："那你说说，他为什么要把自己包裹成那个样子？正常人会那样做吗？"

淘淘笑笑："这是疑团之一，其次是他走路的状态和声音。在我看来，更重要的是他的处境，我们总不能坐视不管吧？"

"可是，我们还没弄清楚那些疑团呀。"

孔文文似乎被触动了一下："如果我们能成为他的朋

43

友，也许疑团就不再是疑团。"

淘淘点点头："是个好办法。"

"当外星人的朋友？我还没有那个准备。"安琪有点怕，她不喜欢别人用异样的眼光看她。

"安琪，你怕什么呀，别忘了，你还有守护神呢。"淘淘拍拍她的肩膀。

"你是说大狗咕噜吗？"安琪不好意思地说。

"当然。"

"淘淘是对的，既然苏静瑞是我们的同学，我们就不应该区别对待，我们得做点事了。"孔文文想到自己既然是一班之长，就应该有班长的样子。

"我们去食堂吃饭吧。"

外星人的反击

三个小伙伴走进食堂，却没见到苏静瑞，于是他们决定先吃饭，再四处看看。

足球场的中央，苏静瑞一个人站在那，他背着书包，拿着饭盒，望着四周。

不远处，小鱼他们三个人在一角蹲着吃盒饭，他们打算先吃完饭。

在他们三个身后不远，王强在"咔嚓咔嚓"吃着零食，眼睛直盯着他们。

足球场，苏静瑞把口罩掀开一小部分，只露个嘴，慢慢地吃着饭。

望着绿茵茵的草地，苏静瑞的墨镜下滑出了几滴泪水。

没多久，他把饭吃完了，把空饭盒丢进了垃圾桶。

小鱼他们三个迎了上去。

苏静瑞想绕开他们，却被死死堵住了。

小鱼冷笑："在这个地方让我们看看吧。"

秦尚文盯着他："我的力气很大哦。"

梁艾奇盯着他："放心，我们只是看看。"

苏静瑞没理会他们，还是想撞开他们，但是他们三个手拉起手围着他，不肯退让的样子。

事情陷入了僵局。

王强远远地瞧着，并不打算参与。

被围起来的苏静瑞依旧不断向前冲。

小鱼他们三个纳闷：

"他好像没力气哦。"

"一点儿都感觉不到他在撞我的手。"

"是啊，这样撞要撞到什么时候嘛？你还是妥协了

吧。"

苏静瑞没有回应，小鱼又说："那我们再看看他能坚持多久，打个赌怎么样？"

秦尚文说："我赌他五分钟吧。"

梁艾奇说："我赌他七分钟吧。

小鱼笑："我赌他三分钟。"

没想到过了一分钟，发生了一件令他们三个瞠目结舌的事。

班主任来了，而且还是怒容满面：

"小鱼，你们这是干吗？光天化日之下欺负新同学！"

小鱼他们三个赶紧松开手，苏静瑞匆忙跑到班主任身后。

"没有。"小鱼低下头，秦尚文和梁艾奇也说没有。

"居然敢在我面前说谎，"班主任气急败坏，把他们三个拉成一排，面朝东方，"好好睁大你们的眼睛。"

小鱼他们三个一下子哑口无言，班主任的宿舍正好对着足球场。

"走，现在去办公室。"班主任大发雷霆。

小鱼他们三个灰溜溜地走了，小鱼回头看了一眼静立着的苏静瑞，似乎明白了过来，怪不得他会来到足球场吃饭，原来是要算计他们三个。

远处，王强看着这一切，心里"咯噔"了一下，外星人开始反击了……他向一旁走去。

足球场，苏静瑞走到台阶上坐着，从书包里掏出画纸和笔，慢慢地画了起来。

淘淘他们三个找到了他，想要跟他说话，他却匆匆收起纸笔，离开足球场。

三个小伙伴只好作罢，也许时机不对吧。

看来苏静瑞只独来独往，不想与人交往。

在一座艺术雕像旁边，苏静瑞正在以它作参照物画素描。

微风吹拂，带走了一丝燥热，却带来了一个身影，苏静瑞毫无觉察，他画得很认真。

站在他身后的人是王强，他盯着跟前的外星人，表情怪异。

坐在草地上的苏静瑞，左手作画越来越顺手的样子，画出的线条粗细匀称。

突然，王强蹿上前伸手揭掉了他的帽子，苏静瑞如同受了惊吓的婴儿，把纸和笔全掉了，身体向一旁倾斜，回过头望去。

王强捏紧了帽子，心里有些气愤，因为苏静瑞的头上还裹着一层白布，他什么都没有看到。

苏静瑞向后退了几步，双手在颤抖。

王强不死心，把帽子扔到一边，想去摘掉他脸上的墨镜。

苏静瑞摸了摸口袋，一怔，他把小刀子放在书包里了，书包在草地上，王强的身后。

49

王强探了探手，想看看外星人作何反应。

苏静瑞大口大口地喘着气，慌忙从另一边的口袋掏出一面小镜子，把镜子往胸口前一放，一道强烈的光反射出来。

瞬间，王强的眼睛被强光刺得难受，看不清对方，只感觉白花花一片。

苏静瑞趁机弯腰捡起一根树枝，然后挥向王强。

王强挥舞双手，要抓住树枝，不料却挨了树枝几鞭子，他疼得"嗷嗷"直叫，牙齿咬得"咯咯"响："看我不教训你！"

苏静瑞一听，把树枝挥得更猛烈了，"呼呼"作响。

王强不敢靠近了，苏静瑞挥树枝的力度可不小，把他打疼了，但是镜子反射的白光刺得他的眼睛眩晕，他感觉到处是七色光斑，于是他赶紧闭上眼睛。

"喂，别挥了，听到没有？"

"只要你不靠近，我就不挥。"沙哑的声音传入王强的耳朵。

这是苏静瑞第一次开口说话。

让人听着很不舒服，一个小孩子怎么会有那种声音，简直不像是人类的声音，假如你在晚上听到，你绝对会害怕，甚至尖叫。

王强呆愣住，已经没有听到树枝挥动的声音，但强光仍旧在。

苏静瑞见状，把镜子卡在艺术雕塑上，悄悄走开，悄悄拿起书包……

王强想了想："你把镜子也拿开吧？怎么样？"

没听到外星人回应，王强又说："只要你拿开，我就不找你麻烦，可以了吧？"

等了一会儿，眼睛依旧难以张开，王强不由恼怒："你想要我给你颜色看吗？啊!"

"哈哈……"

"哈哈……"

"哈哈……"

三个男生的笑声传入王强的耳朵，一种不祥的预感悄然而生，是不是被耍了？怎么有个声音听起来那么耳熟？

"王强，你这是干什么呀？说实话，你当小丑演员，会得奖的哦，哈哈!"

原来是小鱼，王强听出来了，恼羞成怒的他一下子向传出声音的方向冲去，没想到他还真扑到了。小鱼见状想把他推倒，两个人抱成一团，都想把对方弄倒。王强现在和小鱼势均力敌，因为他的眼睛还没恢复正常。

一旁的梁艾奇和秦尚文干瞪眼，他们不知道该不该帮忙。

"臭小子，敢嘲笑我！"王强的口水直喷。

"你够恶心啦，喷了我一脸口水。"小鱼抽空用袖子擦擦脸。

"怎么？我就喷你一脸。"

"你喷，我也喷，哼！我还有蛀牙呢，把牙虫传给你！"

秦尚文和梁艾奇听得直想笑。

突然，不远处又传来一声厉喝："刚刚叫你们写检讨，马上又犯了！"班主任气呼呼地跑来了。

秦尚文、梁艾奇、小鱼和王强抬头，只见班主任的脸都涨红了。

在班主任身后不远的地方，苏静瑞站了一会儿，便离开了。

王强的心不禁再次"咯噔"一下，让外星人给算计了，这下惨了！

小鱼的脸色一阵青一阵白，班主任之前说了，如果他第二次发现小鱼他们欺负同学或打架，就要叫家长了。

"你们把我的话当耳边风了，是吧？"班主任让他们四个人站在一起。

"我没有打架。"梁艾奇说。

53

"我也没有打架。"秦尚文说。

"那你们在干什么呀?"班主任皮笑肉不笑。

"我们……"他们一下子语塞。

"你们就知道看热闹哦。"班主任非常生气,"统统跟我去办公室!"

四个男生灰溜溜地跑在班主任身后。淘淘他们三个路过,不禁感到奇怪,之前见到小鱼他们三个被班主任训了,不知道是什么原因,这次是四个人被训。

"这个小鱼在干什么呀?一个小时之内被班主任叫去两次。"

"王强不是和小鱼闹矛盾吗?"安琪扑闪着大眼睛。

"也许吧。"淘淘望向教室,苏静瑞正在画画。"有一点我很奇怪,苏静瑞明知道有麻烦,为什么中午时间还要留在学校?"

"可能他爸妈很忙吧。"孔文文打了一个哈欠,"好困,想睡觉。"

"那你们去睡午觉吧。"淘淘微笑。

两个女生点头,向女生午睡室走去。

淘淘进了教室,苏静瑞抬了一下头,继续画画。

淘淘向他靠近,他又抬头看了一下。

在一米的位置,淘淘停止了步伐,静静地观察他。

苏静瑞放下铅笔，把画纸收起来，从书包里拿出课外书，翻看起来。

"你并不是天生的左撇子，对吧？"淘淘目不转睛地盯着他。

苏静瑞的手抖了一下，接着他缓缓抬头。

淘淘微微一笑："我观察了你一下，你放铅笔、收画纸，还有拿书时，都不自觉地用右手碰了一下，那是你下意识的动作，也就是说你曾经用惯了右手，后来改变了，只是还没有完全适应。"

苏静瑞忽然不动了，呆呆看着他。

"我对你并没有恶意。"淘淘靠着课桌。

"但是你对我好奇。"苏静瑞低头看书。

淘淘听到他的声音，大吃一惊，如果从淘淘的角度来形容，那就是听到黑夜里大风吹响树梢的声音，让人惶恐不安。

"是的，你只要知道我无恶意就行。"

"对我好奇就是对我有恶意。"

"什么意思？"苏静瑞的话让淘淘摸不着头脑，他是在害怕别人知道他的秘密吗？

"反正我知道你不是外星人。"淘淘不假思索地说。

苏静瑞合上书本，看着他。

淘淘见他反应如此之大，脱口就说："外星人不会来地球上学，因为来回路费太贵。"

苏静瑞又翻开书本，继续看着。

淘淘不解其意，他似乎对"外星人"三个字很敏感，最主要的是他并不想说话，这就让人更难了解他的想法，还有他的右手是怎么回事呢？戴着那么大一个手套，想掩饰什么？

探究外星人

教室里渐渐有学生来了，韩小彬小跑着进教室。

屁股刚落座，同桌递来了一张小纸条，韩小彬看了一眼，脸色都吓白了。纸条上写着：我的美术书，你拿了对吧？

韩小彬咽了一下口水："我……没……拿，不知道你在说什么。"

苏静瑞把作业本翻过来，用铅笔写上：除了同桌，不会有人知道我书包的打开方法。

"你怎么知道别人就看不见？"

苏静瑞又写上：你承认偷看了，你也知道我的书包可以上锁，除非我走开，否则不会上锁。你的好友小鱼叫你偷拿我的书，你不是答应得很干脆吗？怎么现在竟不敢承认？

"他说了？我……"韩小彬显得很无辜，"我没办法呀，他是我的好朋友，你说我能不做吗？"

苏静瑞拿起橡皮擦，擦掉作业本上的字。他只是猜测，没想到韩小彬这么快承认了。

谁叫韩小彬是众所周知的胆小鬼呢。

"你不会计较吧？"韩小彬非常担心，"我是无辜的。"

苏静瑞没理会他，做着其他事情。

韩小彬看着他，惶恐不安，外星人会不会把他抓去当他们星球的实验品？外星人会不会晚上去找他算账？……惨了，外星人生气了，该怎么办？

教室门口，王强望着苏静瑞，眼中有怒火。

接着小鱼他们进教室了，韩小彬见状，急急地跑过去。

"小鱼，大事不好了。"

"什么事？"小鱼问，秦尚文和梁艾奇看着他们。

"外星人知道我拿了他的书了，你说的对吧？"韩小彬有点不满。

"我没说，你这笨蛋，让他套到话了。"小鱼责备他。

"这、这不重要，他要对我下手……"

"对你下手？"

"你要帮我呀。"

"你可知道我被他耍了两次。"小鱼怒瞪远处的苏静瑞。

"什么？什么意思？"

"小瞧他了呗，害我写了两次检讨，连家长也被叫到学校来了。第一次受到如此羞辱。"

"我们决不能放过他。"秦尚文扭了扭手腕。

梁艾奇咬着牙："揭掉他身上的武装，看看他是不是长了三头六臂。"

"当然不能罢休。"小鱼瞥了一眼王强，对这小子也不能罢休。

"那就是说我有救了？"韩小彬喜出望外。

"你那点小破事有什么好担心的。"小鱼鄙视他的胆量。

"我只有老鼠的胆子，你说我能不怕吗？"

"拜托，你没看过《猫和老鼠》呀？"梁艾奇嘲笑韩小彬，"你就把自己当成杰瑞呗，杰瑞有多聪明你知道吗？学学它呀！"

"老鼠怎么能跟人比？"韩小彬撇嘴，自己走到哪都是被人愚弄的对象。

"好啦，别开他玩笑了。"小鱼拍了一下秦尚文和梁艾奇，"走，到别处去商量事情。"

韩小彬叹了一口气，他不想当胆小鬼，更不想被人嘲笑，被人忽略。

傍晚放学。

苏静瑞站在学校门口，伸着脖子张望，在等人的样子。

没多久，一位中年女士骑着电动自行车来了，她是之前来接过他的女士。

苏静瑞迎上去，中年女士抱了抱他：

"在新学校还习惯吗？"

苏静瑞点点头。

"你好像越来越寡言少语了？有什么事要跟妈妈说，知道吗？"

苏静瑞点点头，坐上车子。

不远处，王强紧紧盯着他们母子俩，心里在盘算着什

么，接着迅速跑开了。

同时盯着苏静瑞的还有小鱼他们三个人。小鱼有点失望，看来只能明天再找机会收拾他。

街道上，王强一路小跑着，原来他要去苏静瑞家埋伏、观察。

苏静瑞的家在一楼，很普通的住宅，没什么特别之处。

王强跑到他家时，苏静瑞已经到家了。

王强在窗户下缩头缩脑地张望，窗户里的窗帘拉得并不严，有些缝隙，但要往里瞧，还是挺费眼睛的。

王强几乎是眯着眼睛看，里面是客厅，没看到什么有

价值的东西。

"喂，喂……"

王强回头，身后站着一个女生："你叫我？"

"你在这里干什么？"这个中学女生是方楠。

"关你什么事啊？"王强没敢大声说话。

"你的样子很像小偷呀。"方楠望了一眼窗户。

"你才是小偷呢。"王强知道再耗下去对自己不利，转身要走。

"站住！"方楠看到了他的校徽。

王强没理会，继续走他的路。

方楠一下子蹿到他跟前："你小子没听见吗？"

王强上下打量着她，看起来漂漂亮亮的一个女生，原来是一个假小子。王强嘴角弯起，好像在嘲笑她。

"看什么看，你和苏静瑞是同学？"方楠瞪着他。

王强瞥了一眼校徽，又瞥了一眼女生，这个人是谁呀？她怎么知道外星人？

"外星人是你什么人呀？"

"外星人？"方楠的脸色突然变得很难看，"小子，再说一遍。"

怕你不成呀，哼！王强在心里叫着。

"你好像很不服气的样子啊？"方楠冷笑，"怎么不说了？没胆吗？"

这下子王强来气了："外星人，外星人，外星人，外星人，外星人……"他一口气说了一大堆外星人。

"住嘴！"

"外——星——人！"王强把声音拉得老长。

方楠怒视着他，突然对着旁边一个废弃的铁皮桶打了一拳，"当"一声脆响，铁皮桶凹了进去。

王强不以为然，握紧拳头，然后用嘴吹了吹，对着铁皮桶一拳过去，不料铁皮桶只是闷叫一声，却没有任何损伤，而他却痛得"嗷嗷"叫，拳头通红，有火辣辣的感觉。

他急忙用嘴对着拳头呵气，神情无比的难堪，然后他哭笑不得地说："你，你，你厉害！"

"看来你还挺知趣的嘛。"方楠笑，"学乖点，千万不要对苏静瑞不敬，也不能找他麻烦，知道吗？"

王强盯着铁皮桶上的凹印："明白。"

"很好，你可以走了，乖乖回家去吃饭吧。"方楠听到他的肚子在"咕咕"叫。

王强心里有点怕这个女生，只好回家。

方楠望着他的身影，直到消失，回头又望了望苏静瑞家，表情古怪地离开了。

一路上，王强都在思考问题：那个女生看来很强悍，为什么她要保护外星人？难道她是外星人的保镖？不管她是谁，总之她是一个隐患。自己是敌不过她的，以后还是小心为妙，鬼知道她会不会再突然间蹦出来。

第二天中午放学，苏静瑞依旧在学校食堂里吃饭，但是他没有去午睡，只是找了一处清静的地方画画。

这是一个宁静的中午，阳光依然灼人眼，苏静瑞身上的"武装"也白得耀眼。

小鱼、秦尚文、梁艾奇三人在远处望着他。

"这次，我们得万分小心才行。"

"否则再被他算计，班主任可就饶不了我们啦。"秦尚文张望四周，担心班主任在某个角落。

"为了以防万一，我觉得需要有人放哨。"梁艾奇拍了一下小鱼。

"也好，"小鱼想了想，"那就分三步吧，我当前锋，秦尚文在我身边当后卫，梁艾奇你大范围放哨。"

秦尚文和梁艾奇点头。

在另一个角落，王强一直躲着没动，他也看见了小鱼他们。

小鱼蹑手蹑脚地前进，秦尚文在他身后张望，梁艾奇走动着，观察动静。

苏静瑞感觉到有人在靠近，但他没有回头看，只是不慌不忙地拿起削笔刀，削铅笔。

小鱼见外星人没有特别反应，以为自己就要成功了，以为马上就能见到外星人的真面目。

谁知苏静瑞回过头，但他没有立即起身："别过来！"

小鱼能感觉到他的声音在颤抖，秦尚文背对着小鱼放哨："一切 OK。"

小鱼脸上浮出得意状："我以为你有三头六臂呢，班主任总不可能时时刻刻盯着你吧，哈！"

"别过来，不许过来，不要过来。"苏静瑞只说没动。

"我就偏过——"

"来"字还没有说出口，令人大跌眼镜的事情发生了，只听"啊，啊，啊……"小鱼的身体急速向一边倾去，"哎哟"的声音刚落地，小鱼的身体也摔倒在草地上。

秦尚文看得是目瞪口呆，苏静瑞还是没动的样子。

不远处偷看的王强不禁笑弯了腰。

"哎哟，屁股好疼呀，"小鱼摸了摸屁股，火辣辣的，"快扶我起来呀！"

秦尚文过去把他拉了起来："怎么回事？"

"你没看见我摔倒呀？"小鱼没好气地嚷着。

"怎么会摔倒？"秦尚文见草地上没有任何障碍物。

小鱼一手搭在他肩上，一手揉着屁股，眼睛盯着苏静瑞："我是滑倒的，你说平白无故怎么会滑倒？外星人……哼！"

秦尚文没明白过来。

"我已经叫你不要过来了。"苏静瑞端坐着。

"你，你这个狡猾的外星人，在草地上弄了什么？快说！"小鱼把视线放在草地上。

苏静瑞没回答。

"哼，别以为我奈何不了你。"小鱼看了一眼秦尚文，"当好你的后卫。"

秦尚文撇撇嘴，背向他。

小鱼蹲下身，用手摸着前进，手上似乎摸到了什么，他用手指搓了搓，油油的，凑到鼻子下闻，没气味，可能是润滑油之类的东西。

他哼了一声，继续向前摸索。

苏静瑞还是坐着没动。

小鱼感觉有些不妥，但他这一口气咽不下，无论如何他也要爬过去，然后好好"修理"外星人。

刚想到这，意外又发生了，只听小鱼大叫一声："哎哟！

我的妈妈——"他迅速缩回手，手指上冒血了，刚才他好像被什么东西刺到了？

秦尚文一愣，"又怎么了？"

"可恶的家伙，外星人在草地上放刺了！"小鱼捏着手指头，"疼死我了。"

"那怎么办？"秦尚文问。

"看着他，我去医务室贴一下创可贴。"小鱼往后撤了

几步，然后站起，"哼——我就不信他不离开草地……"

小鱼又恼又恨，气呼呼离开了。

苏静瑞无动于衷的样子，又画起了画。

秦尚文看着他，心里有一种莫名的恐慌。

远处的王强简直快笑死了，暗自庆幸自己没去找外星人的麻烦。

淘淘、安琪和孔文文在教室里做作业。之前他们跟着苏静瑞，可他不让他们跟，三个小伙伴只好去做自己的事情。

毕竟三个小伙伴的好意没被领情，心里还是有些不快的。

安琪开始抱怨："淘淘，你不是说苏静瑞有麻烦吗？怎么他一点儿都不像有事的样子？"

"我也不知道他在想什么，他好像排斥任何一个人。"淘淘说出自己的观察结果。

孔文文双手托着下巴："苏静瑞很谨慎的样子，我们能帮多少就多少吧。"

好戏没看成

这时，王强出现在教室门口："班长，外星人被人围攻了。"

"什么？"孔文文立刻站起，"在哪里？"

淘淘和安琪也站起，望着王强。

"文化长廊。"王强想给小鱼制造麻烦，谁叫他老跟自己作对呢。

三个小伙伴冲出了教室，王强尾随而去，他最喜欢看热闹了。

文化长廊的一角草地上，小鱼绕着苏静瑞走了一圈又一圈，他不敢靠近，担心草地上还暗藏"武器"。

不远处放哨的梁艾奇看见孔文文等人急匆匆赶来，嘟起嘴巴，吹响口哨。

小鱼和秦尚文听见了口哨声，他们愣了一会儿，小鱼赶忙叫秦尚文前去弄清楚情况。

秦尚文有点心慌，没跑多远，他便看见三个小伙伴，不禁拍了拍胸口，还以为是班主任呢，就他们三个有什么好怕的。

于是秦尚文又跑回去告诉小鱼，小鱼听后有点纳闷，班长他们是怎么知道的？谁这么多事？他想到了吃饭时，在食堂看见了王强的身影，难道是那家伙？

草地上的苏静瑞依然在画画。

"他们来了。"秦尚文望着不远处。

"你注意周围的动静，余下的事情我来摆平。"小鱼瞥了一眼苏静瑞，向三个小伙伴跑去。

苏静瑞抬头望了一眼远处，收拾起纸和笔。

秦尚文盯着他："有我在，你走不了。"

苏静瑞整理好书包，从口袋里掏出一个四四方方的泡沫块，接着往身边的草地上按压。

秦尚文的眼睛都看直了，泡沫块上沾了一些小刺。

怎么没想到用这一招呢？

苏静瑞拿着泡沫，在自己周边的草地按压着，一遍又一遍地重复按压。

不远处，三个小伙伴和小鱼起了争执。

"小鱼，你欺负新生是不对的，知道吗？"孔文文斥责他。

"开玩笑，"小鱼把贴着创可贴的手指头举得高高的，"你看看这是谁欺负谁呀？"

"他欺负你？恐怕没人会相信。"淘淘望了一眼前方。

"你们可是三个人，找借口也不用找这样荒唐的借口吧。"安琪跟着说。

"他可是外——星——人，有什么荒唐的？"小鱼简直快气晕了。

"你先招惹他，这一点你就理亏了。"孔文文瞪了瞪小鱼，"别忘了，我可是班长。"

"谁说我招惹他了，我只是想跟他聊聊天而已。"小鱼用舌头舔了舔干燥的嘴唇。

"那就当面问问他吧。"孔文文向前走。

"反正我连他的寒毛都没碰到。"小鱼撅起嘴。

71

淘淘看着他，这个小鱼欺负别人，反倒有理了。

草地上的苏静瑞已收拾完毕，同时他还在自己周边撒上了一些沙子，沙子也是他自己带来的。

苏静瑞做这些的时候，只有秦尚文看到，小鱼只顾应付三个小伙伴，并没有发现。

三个小伙伴和小鱼来到苏静瑞面前，小鱼说："你们要是不信，可以去试试。"

秦尚文碰了碰小鱼："小鱼——"

"你别插嘴，我已经说了，我可以应付。"小鱼推开他，"去放哨吧。"

"不是，我要说的是——"

"好了，明白，他们不会到班主任那里打小报告的。"小鱼拍了拍他。

"不是那个意思，他用沙子……防滑……泡沫……"秦尚文不知道该怎么表述好。

"说什么呀？连说个话都说不清楚，你到一边去想好了再跟我说。"小鱼有点不耐烦了。

三个小伙伴看着他们："说什么说那么久，你到底要我们试什么呀？"

小鱼赶紧说："靠近外星人。"

三个小伙伴纳闷，向苏静瑞靠近。

秦尚文轻声说："外星人，清、清除，不、不是，是清理掉了。"

"什么？"小鱼大吃一惊，"这么简单一句话，你到现在才表述出来？"

三个小伙伴已站在苏静瑞身边，他们回头和小鱼说："我们在他身边了。"

小鱼拍了拍脑门："哦，没事啦，看来外星人对你们

挺友善的，我想靠近他都靠近不了。"

三个小伙伴不解，这家伙在胡说什么呢？

孔文文看着苏静瑞："小鱼是不是为难你了？"

苏静瑞没说话。

"你看，我根本就没为难他嘛。"小鱼得意了起来。

"你没为难他，为什么有人说你们围攻他？"安琪嘟着嘴。

"谁？报上名来。"小鱼的嘴角往下撇。

"是谁你就不用管了。"孔文文瞪他。

"你说我们欺负他，有证据吗？就凭别人胡说吗？"小鱼轻哼一声。

"证据？"孔文文为难，安琪也犯愁。

淘淘看了看苏静瑞，又看了看小鱼他们，从现场的情形看，小鱼他们似乎没占到便宜，因为苏静瑞的衣冠整洁，书包也整洁，显然小鱼和他没动过手。不过，小鱼却显得有些脏，衣服上沾了不少尘土和绿色的草汁，这是怎么回事？难道是小鱼偷鸡不成，反蚀把米？

"要不……我们叫他来对质？"安琪望向孔文文。

"那么，请问那个诬陷者具体看到什么了？"小鱼双手环抱。

"没说。"孔文文撅嘴。

74

"既然证据不足，我们就先走了。"说完，小鱼和秦尚文气呼呼地走了，不远处的梁艾奇纳闷，追着他们问情况。

坐在草地上的苏静瑞，此刻也站了起来。

孔文文撇嘴："苏静瑞，刚才为什么不回答？"

苏静瑞还是不说话。

安琪打量着他，从头到脚，看得很认真仔细，她对苏静瑞也很好奇。

淘淘说："也许你真的不需要我们的帮助。"

苏静瑞扭过头看他，过了三秒钟，他才正视前方，走到一处花坛边，坐下，开始画画。

孔文文摇摇头："看来我们白忙活了一场，他根本就不领情。"

安琪有些不满："中午放学时间，我更喜欢待在家里，而不是在这瞎忙活。"

淘淘微笑："好吧，反正我没什么事，中午放学时间，我就在学校过吧，你们不用硬撑着。"

孔文文和安琪点头，同时还说，可以让咕噜陪淘淘。

淘淘考虑了半天，最终考虑到咕噜或许可以应急，才勉强同意咕噜陪他。

"真是的，咕噜很喜欢你，它是不会咬你的。"安琪大

笑，一提到咕噜，淘淘就拉长着脸像个苦瓜，别提有多好笑。

"知道啦，我还不是希望它有用武之地，毕竟我是一个人，对苏静瑞虎视眈眈的人可是一大批。"淘淘挠了挠头。

孔文文说："你怎么知道有一大批？"

"从目前看，有四个。"

"刚才有三个，另一个是谁？"

"王强。"

"他？"

"嗯，"淘淘望着远处的苏静瑞，"先看好苏静瑞。"

"为什么？"两个女生疑惑。

"王强一直跟在我们身后偷看，现在他正在一座石雕旁躲着呢，我们就当没发现他吧。"

两个女生点头："你怎么知道的？"

"影子，瓷砖上的倒影，难道你们没发现？"

"厉害，不愧是侦探的眼力呀。"安琪夸奖他。

淘淘不禁乐开了花。

"这跟苏静瑞有什么关系？"孔文文瞥了他一眼。

"如果没关系，为什么他现在还不走？显然他的目标是苏静瑞，而不是我们或者小鱼他们。"

"他会不会等我们离开，然后找苏静瑞的麻烦？"

"有可能，所以我先待在这里，你们去睡午觉吧。"

"好吧。"两个女生笑笑。

石雕旁的王强望着独自一人的淘淘，心中有些纳闷，两个女生都走了，为什么他还不走？真碍事！

又等了十分钟，见淘淘没走，王强按捺不住，偷偷溜走了。

走进教室，小鱼冲上来，王强后退了几步。

"王强，你成心跟我过不去，是吧？"小鱼怒气冲冲地问。

"你什么意思？"王强说得不紧不慢。

"你还挺会装的嘛，你敢说不是你打的小报告？"小鱼盯着王强，眼睛有些疲惫，刚才他就感觉头晕晕的，便独自回教室休息。

"是我做的，你又能把我怎么样？"王强的架势也不小。

"好，算你厉害，哼！"小鱼感觉头越来越晕，不想再多说话，他想回座位趴着休息一下。

王强撅着嘴，"哼"了好几声。

小鱼回头瞪了他一眼，迅速回到座位，趴着。

怎么回事？头怎么晕乎乎的？这似乎是感冒的症

状——感冒？难道是那个人传染的？他想起被外星人耍了之后去医务室拿创可贴，当时有一个小女生感冒了，不小心对着他打了一个喷嚏……可恶！

都是外星人给害的，要不是他，自己怎么会去医务室？怎么可能会被传染？小鱼越想越气。

"可恶！气死我了！"小鱼猛拍了一下课桌站起来。

班上的同学都莫名其妙地看着他。

这时，苏静瑞进教室了，淘淘跟在他的身后。

小鱼立刻冲到苏静瑞面前，"外星人，你害我得感冒了，知道吗？可恶！"

苏静瑞没理他，向一旁走去。

淘淘见状，不禁奇怪，小鱼得了感冒跟苏静瑞有什么关系呀？

"外星人，这个害虫，可恶的害虫！"小鱼心中燃起了怒火。

班上的学生都面面相觑，外星人是害虫？

"小鱼，这样对待新生，可不好。"宣娜走到小鱼跟前，班长不在，作为学习委员的她也有责任管理班上的事务。"你既然感冒了，就得先治病，其他事以后再说。"

小鱼看着宣娜，怒气消了一半。因为她的微笑很神奇，总是能让别人心情愉悦，也许这就是发自内心的真诚笑容，可爱又可亲。

"走，我和你一起去医务室吧。"宣娜碰了碰他。

小鱼抿着嘴唇，点了一下头。

俩人离开了教室。

淘淘松了口气，过道上的苏静瑞此刻也转身回到座位。只有王强一个人心里不平衡，他希望小鱼怒发冲冠，然后冲上去，强行揭掉外星人的帽子、口罩、墨镜、大手套等，接着外星人的面目被暴露……但这个希望像肥皂泡，升到半空就破灭了。

可惜呀！好戏没看成，王强叹气，他也不敢轻举妄动，担心那个神秘的假小子会蹦出来打他。

超级感冒

这一天就这样不平静地过去了。接下来的几天，全校都人心惶惶。

自从小鱼感冒后，接着班上近乎一半的同学也感冒了，这是流行性感冒。

韩小彬也是其中之一，他请假了没来上课。

之前小鱼说过的话被同学们理解为：外星人是一个带

着病菌的害虫！

"外星人把病菌传染给同学了！"这话一传十，十传百，没多久，全校的学生都知道了。

大家认为苏静瑞带着可怕的病菌，谁靠近他谁就倒霉……

三个小伙伴没有感冒。淘淘有些将信将疑，他很想知道，这么热的天气，苏静瑞为什么一如既往地穿着里三层外三层的"防护服"。

孔文文和安琪只是害怕，她们不想再靠近苏静瑞。

班上一个高高大大的男生感冒了，他应该是最不容易感冒的，因为他身体强壮。于是他挥着拳头拦住苏静瑞，怒喝："喂，你是不是有病？并且把病菌传染给了我！"

苏静瑞抬了一下头，想避开他，高大男生又拦住他："快回答我！"

孔文文戴着口罩，跑过来："什么事呀？"

"班长，你快让他回答呀，我可不想跟一个带着病菌的人在一起上学！"男生大声叫嚷。

有的学生附和起来："外星人，回答，外星人，回答……"

"吵什么吵？"孔文文见同学们起哄，心里直打鼓。"苏静瑞，你回答一下也好。"

喂，你是不是有病?!

　　苏静瑞沉默了好久，终于开口："我没有。"

　　"没有！大家都听到了吧。"孔文文叫，"你们还是别自己吓唬自己了。"

　　高大男生只好走开，有的同学则不满：

　　"外星人说没有，有谁相信呀？"

　　其实大部分同学都不相信。

　　小鱼站在教室门口咳嗽着，身旁的梁艾奇和秦尚文也戴着口罩。

"小鱼，等你感冒好了，不，应该是所有人都好了，再来找我们吧。"

"我们不想感冒，你应该能理解吧。"

小鱼斜视他们： "OK!"这两个家伙也是胆小的货色……

美术课。

高老师让同学们自由发挥画画，要求是自己想象的图画，不能临摹。还说一个星期后，市里举行绘画作品比赛，她要选拔两三幅作品去比赛。

同学们都非常认真地画着。

二十分钟后，同学们的画都递交上去。

高老师一张一张地翻看，从中挑出了三张画，然后又从三张画中拿出一张画，把画呈现在同学们面前。

画中有蓝天、白云、大海、海滩、椰树、海龟……画是这样的：在一个晴空万里的日子，一只海龟爬上海滩，下出一窝的蛋，它用后脚扒着沙子准备把蛋埋起来。

"这幅《海龟》，画得很立体，很生动，也很有灵韵，是画得最好的一张。"高老师举着画评论着。

同学们望着那幅画，纷纷夸赞，同时还问是谁画的。

高老师说过，如果想画满整张纸，可以把名字写在纸张背面，所以同学们不知道是谁画的。

"苏静瑞同学。"高老师微笑，"画得非常棒！"

苏静瑞的双手微微动了动。

同学们一听，一个个瞪大了眼。

高老师走到苏静瑞面前，把画平铺在桌上："知道画中的不足之处吗？"

苏静瑞摇摇头。

高老师微笑着："细节的处理还不够完善，比如波浪的刻画，有点粗糙，颜色的深浅也需要改进……"

苏静瑞认真地听着，点点头，高老师给他指点了不少绘画的技巧。

"老师，别靠他太近了……"一个男生忍不住说。

高老师抬头："这位同学，怎么了？"

"老师，他会把病菌传给你的。"男生说。

苏静瑞的双手颤抖了起来。

高老师扫视了一下，全班的学生都戴着口罩。

"好好养病，不舒服的话要请假回家休息，知道吗？"高老师抚摸了一下苏静瑞脑袋上的帽子。她以为他感冒了。其实他没有得感冒。

"老师，班上的同学大部分都感冒了。"一个女生说。

高老师走上讲台："感冒要及时医治，不要怕打针，也不要怕吃苦的药，才能好得快。"

"好了，会不会再被外星人传染？"一个女生嘀咕。另一个男生说："外星人传染给我们的，我们怎么可能好得了？"

"外星人？说什么呢？"高老师表情有些严肃。

"苏静瑞是外星人。"

"胡说什么？同学之间要和睦相处，不许用绰号攻击别人，那是不尊重人的做法。"高老师显得更严肃了。

一些有意见的学生见状，只好不发言。

接下来的日子，感冒的人越来越多。关于苏静瑞是"病毒怪物"的传言也越来越可怕……

一日中午，食堂里，学生们在热热闹闹地吃饭，苏静瑞慢慢走了过来。

一时间，大家见了他，像老鼠见了猫，纷纷逃窜。女生们的惊叫声、奔逃声、凳子倒地声、盘子落地的声音等等，混在一起，乱成一团。

一个女生的鞋子跑掉了，急忙叫："我的鞋！我的鞋！"

鞋子离苏静瑞很近，他捡起，走向那女生。

女生惊恐地看着他，还有他手中的鞋子。

苏静瑞把鞋子伸向她，谁知女生突然叫道："不要，我不要了，不要把病菌传给我！"说着，女生踉踉跄跄地跑开。

很快，偌大一个饭厅里，只有苏静瑞一个学生了。

他静静地呆站在那里，像一棵孤零零的小树。鞋子悄悄地从他手中滑落下来，"砰"的一声，落地，紧接着一颗晶莹剔透的眼泪滑进了他的口罩。

食堂外，淘淘领着咕噜傻站着，他看见一大批的学生逃命似地往外窜，这种场面真的很吓人。

"汪汪——"咕噜叫唤了几声。

"好好看你的热闹，叫什么叫？"淘淘说。

"汪汪——"

"不服气呀！别忘了，你的主人安琪可是叫你乖乖听我的话。"

"汪汪汪……"咕噜龇牙咧嘴。

"干什么？干什么？你这是干什么？"淘淘瞪大双眼，"想造反呀，你！"

"汪汪汪……"咕噜的双眼直瞪他，原来它不喜欢淘淘用那种口气说话，只有主人才可以。

淘淘慌忙向食堂内窜去："臭咕噜，就知道欺负我。"

咕噜紧追上去。

早知不要它陪了……呜呜……淘淘哭丧着脸跑进食堂。

食堂里只有苏静瑞一个人在吃饭。

淘淘冲到卖菜阿姨那里："阿姨，请给我一根骨头，

87

快，快，快！"

"骨头？"阿姨无奈地说，"你们这些小孩子呀，就喜欢一惊一乍的。"

淘淘接过骨头，匆忙丢向准备向自己蹿来的咕噜。

咕噜一张嘴，一下子衔住了，接着它津津有味地吃起来。

"你这个馋嘴的家伙，一根骨头就让你变乖了。"淘淘轻声嘀咕了一下，赶忙转过头问："阿姨你为什么那么说？比如那个吃饭的男生。"他悄悄指了指远处的苏静瑞。

"他穿成那样子，百分百是得白血病了，我在医院见过白血病患儿包裹成那个样。"阿姨不以为然。"还说什么外星人，你们这群小孩就是想象力太丰富了。"

"白血病？"淘淘望向苏静瑞。

"我看不是，"另一个阿姨摇头，"他可能有心理问题，不想让别人看到他的长相。"

"心理问题？"淘淘吃惊，似乎都有道理，苏静瑞到底属于哪一种呢？或者两种都是？

"但是他为什么走路那么慢？"淘淘忍不住问。

一个厨师叔叔凑过来："也许他是外星人吧。"

"你老糊涂啦！"两个阿姨笑他，"哪里有外星人呀？"

"都什么时代了，"厨师叔叔扬扬眉毛，"宇宙有多少颗星球呀？没人知道，既然星球无数，有地球这样美丽的家园，肯定也有其他星球孕育着生命，那么所谓的外星人就会存在，只是你们不敢相信而已。"

两个阿姨不知该说什么，她们似乎被说服了。

淘淘端着饭菜走向苏静瑞，咕噜衔着骨头跟了过去。

苏静瑞依旧吃着饭，速度不慢也不快。

淘淘在他对面坐下，盯着他，只见他露出一小部分下巴，嘴巴似乎紧闭着嚼食物。

他的下巴跟人类的下巴一样，淘淘心想，眼睛盯着他不放，一手拿起小勺吃起饭。

苏静瑞吃饭时，口罩一动一动的，淘淘看见他下巴往上一点似乎有点突起，隐隐约约，看不清楚。

"苏静瑞，你戴着口罩吃饭不累吗？"

苏静瑞转过身，把饭菜端到背后的餐桌上吃。

淘淘注视着他的背，快速吃起饭。

咕噜已经把骨头啃得干干净净，它又朝淘淘汪汪叫。

"干什么？还要骨头呀？你可真贪心，难道你的主人没喂饱你吗？"淘淘随手从饭菜中挑了一块排骨，丢给咕噜。

咕噜欢快地咬住，吃得"啧啧"作响。

不一会儿，苏静瑞离开了。

淘淘猛扒了几口饭，他还没吃完，眼睛直盯着苏静瑞远去的身影。

直到苏静瑞走出了食堂台阶，淘淘才把饭菜吃干净，他抹了一把嘴："真好吃，怪不得咕噜一个劲儿地要。"

淘淘拍了拍咕噜的头："走喽，咕噜。"

"汪汪——"咕噜舔了一下他的手。

淘淘急忙缩回手，使劲地擦了擦："现在才知道我对你好呀？算了，不跟你计较了。"他开心地笑着，跑出食堂，咕噜紧随其后。

谁知没走多远，天空突然噼里啪啦砸下了大颗的雨点。

淘淘双手高举，遮住脑袋："天上一点乌云都没有，怎么就下起雨了？是不是太阳公公要洗澡呀？"他急忙向最近的避雨处跑去。

擦着身上的雨水，他向四周望去，咦，苏静瑞跑哪里去躲雨了？

身旁的咕噜抖了抖身上的毛，水珠子一下子全飞出去了。

淘淘不停地张望，雨点仍不停地下落。

没多久，太阳雨停了。

淘淘不知道苏静瑞哪去了，只好带着咕噜四处溜达。

溜达累了，他就带着咕噜去教室。刚到门口，班里的说谎大王罗杰凑上来，脸上一股神秘劲："淘淘，告诉你一个秘密。"

教室里的几个男生和女生都瞧着他们，一个个交头接耳，接着便开怀大笑。

淘淘见状，心里就有数了，罗杰这小子肯定又在编什么大话到处宣传。

罗杰回头叫道："你们笑什么呀？不相信就算了，我说的可是真话！"

"你哪一回说的不是真话呀？"一个男生回应。

教室里的人一下子笑开了。

"哼！"罗杰的脸色铁青，他拉住正要走开的淘淘，"你应该会相信我吧？"

淘淘不作回答，但表情很显然已经做出了回答。

"你不相信？"罗杰显得很失望。

"你说说吧。"淘淘认为听听也无所谓。

罗杰一乐，要听，表明他已相信了一半，否则没有听下去的必要。这样的想法，令他的心理得到了不少安慰。

"之前下了一场太阳雨，你知道吧？"

"知道。"

"就在那时，我发现了一个惊天地、泣鬼神的秘密！"罗杰双手做着夸张的手势，脸上的表情更加夸张，"我见到了鬼，告诉你，这个鬼不是别人，他就是外星人！"

"外星人？"

91

"对！你知道吗？我无意间看到他在一个角落里擦雨水。他把帽子揭下来，又把头上裹的白布揭下来，哦，天哪！你知道我看到了什么？"罗杰张大了双眼，显得很惊恐。"天哪！他太吓人了，他没有头发，光秃秃的，一根毛也没有，而且还很吓人。具体怎么形容呢，可以说那简直不是人类的脑袋瓜，是鬼！知道电影里的鬼什么样子吗？"

"知道。"

"就是那个样！"罗杰说得有板有眼，淘淘差一点就相信了，不愧是说谎大王呀……

罗杰盯着淘淘，很不开心的样子："喂，你的表情对我是一种讽刺。"

"侦探只相信证据。"淘淘微笑。

"证据？要证据是吧？那我就证明给你们看，哼！"罗杰叫嚷着跑出教室。

"看来他很认真的样子。"一个女生不笑了。

"他一直都是这样子的，"一个男生继续笑，"你们不知道，我都被他骗了好几回了。"

"有演戏的天分呀。"淘淘夸罗杰，然后俯身对咕噜说，"你可以回去了，我送你到校门口。"

"汪汪——"咕噜摇摇尾巴。

93

第二天，罗杰带着一个相机来上学，这是他从表哥那里借的，他准备用相机来获取证据，看有谁还敢嘲笑他。不过，这个秘密只有他知道，他可不想让外星人知道，外星人提高警惕的话，他可就难得手咯。其实他希望再来一场太阳雨，再来一个偶然看见，这样就太好了，即使没有，他也可以制造一个……

罗杰昨天的"鬼话连篇"早已传入苏静瑞耳朵，他似乎变得更加敏感多疑。

韩小彬只是不小心踩到他的鞋尖，他就警告韩小彬最好别碰他，搞得韩小彬不得不小心翼翼，别提有多难受。

电子词典案

中午放学，淘淘到校门口等来了咕噜，一人一狗去了食堂，却发现苏静瑞没在食堂。

于是他在食堂吃了饭，便和咕噜在校园闲逛。

刚走到假山处，就碰上王强和小鱼在打架，一旁的韩小彬正手足无措。

韩小彬像是见到了救星："淘淘，淘淘，太好了，快

点帮忙劝架。"

　　淘淘立刻过去阻止，谁知王强和小鱼一把推开他，他一下子摔了个四脚朝天。

　　咕噜"汪汪汪"大叫，蹿上去，对着王强和小鱼龇牙咧嘴。

　　王强和小鱼吓得向后退。

　　淘淘好不容易才从地上爬起，看见咕噜为自己出气，慌忙叫:"咕噜过来,过来。"

咕噜"汪汪"叫了两声,向淘淘跑来。

王强和小鱼又要打起来了,两人的眼睛彼此瞪得通红。

"你们再打的话,咕噜可是要过去劝架的。"淘淘板着脸。

"别打了。"韩小彬匆忙过去把小鱼拉到一边,掏出纸巾给他,"你流鼻血了。"

小鱼一边擦着鼻血,一边瞪着王强。

王强也愤愤瞪着小鱼。

淘淘看着他们:"什么事?打得这么厉害。"

王强拿起放在一边的书包,从里面掏出一个电子词典,递给淘淘:"小鱼把我的电子词典摔坏了。"

"你胡说什么?有证据吗?"小鱼气得脸红脖子粗。

淘淘打开电子词典看了看,屏幕裂了几道口子,的确坏了。

"怎么没有?你进过教室,我看见了。"王强扯着嗓门叫。

"到底怎么回事?先说清楚,别吵。"淘淘清了清嗓门,"别忘了,我可是侦探。"

"放学时,我把书包放在教室里就出去买东西了。临

97

走时，我瞥见小鱼进教室了，和韩小彬在一起。回来时，我的书包已在座位底下，打开书包一看，电子词典坏了。"王强咬牙切齿，"能有那个胆子的只有小鱼一个人，居然敢把我的书包摔到椅子底下。所以我就抓起书包，去找人，终于在假山这里找到他了。"

"无凭无据，别乱咬人！"小鱼斜视王强，"你能保证别人就没进过教室？哼！"

"王强，你离开时，教室里有人吗？"淘淘问。

"没有人。"

"小鱼，你们进教室时，有人在吗？"

"没有。"

"再回现场勘察一下。"淘淘说，迈动脚步。

四个男生很快进了教室，直达王强的座位。

淘淘要求王强把书包放回原地，以便他好做观察。

王强俯身准备把书包放到椅子下方，突然发现椅子下方有一张折叠起来的纸，他捡起："怎么会有纸？"

"可能是你当时太心急，没发现吧，"淘淘望着他，"打开看看。"

王强点点头，展开纸。

大家的眼睛都看直了，那是幅画，是苏静瑞画的《海龟》。

"不会吧？"韩小彬瞠目结舌。

小鱼对着王强，大"哼"了两声。

王强没理会，把书包往桌上一放："是他！"然后气呼呼地跑开，他要去找外星人算账。

"喂，别走，把书包放回原地再走。"淘淘叫他。

"放什么放？这不是明摆着吗？"王强头也不回。

小鱼和韩小彬也走开了。

"喂，先把画给我。"淘淘追出去。

王强把画给他："保管好啊，这可是证据。"

淘淘点点头，迅速回到王强的座位，掏出放大镜，观察椅子下方的地面，没有什么迹象，他又察看了一下桌椅和书包。

有一点让他很奇怪，作案人为什么要把书包摔在椅子下面？那么作案人就得先挪开椅子，然后一摔，再把椅子挪回去，这样做是不是麻烦了点，有必要吗？

再看看《海龟》这幅画，似乎也没什么特别之处。

淘淘回头望了一眼小鱼和韩小彬，他们正在聊着什么，偶尔会往他这边瞅一眼。

如果真的是苏静瑞干的，他应该不会粗心到把画给落下吧？他一直都很谨慎，否则这么多人想揭开他的真面目，他不可能到现在还安然无恙。

不过，什么事情都有万一，万一他就这么掉了呢？

可是小鱼和韩小彬真的就没嫌疑吗？小鱼和王强矛盾很深，小鱼做的也有可能。韩小彬呢？他应该不会给自己找麻烦，但是他会包庇小鱼，毕竟王强老欺负他。

不知道王强还有没有和别的哪个同学矛盾深……这张画到底是怎么回事呢？淘淘把画折回之前的样子，放进口袋，坐在王强座位的对面思考着。

安琪哼着歌儿走进教室，咕噜摇摇尾巴，"汪汪"叫着，向她奔去。

安琪俯身抱了抱咕噜，抬头望向发呆的淘淘，他这个样子，准是有什么事发生了。

"淘淘。"安琪叫他。

淘淘在想事情，没有反应过来。

安琪走过去："淘淘，又发傻啦？"

淘淘被吓了一跳："真是的，我的样子很傻吗？"

"有点。"安琪捂着嘴笑。

"对了，你到校园看看，王强去找苏静瑞的麻烦了。"淘淘觉得这件事没那么简单。

"怎么回事？"

"王强的书包被人摔地上了。"淘淘说到"摔"字时，总感觉有些不对劲，是什么呢？他不禁又抓了抓后脑勺。

安琪笑了一下："那你慢慢想吧，我走了。"她冲咕噜拍了一下手："GO!"

安琪带着咕噜向校园的边边角角寻去，苏静瑞喜欢独处。

经过小竹林时，安琪看见了罗杰。

"罗杰，你看见苏静瑞了没?"安琪问他，他手里拿着水枪。

"刚才他好像往那边去了。"罗杰随手指了一个方向，其实苏静瑞在小竹林里面。

安琪信以为真，和咕噜朝那个方向找去。

罗杰"嘿嘿"地笑着，盯着手中的水枪，他也是好不容易才找到苏静瑞的。

他猫着腰，踮着脚，走路尽量不发出声响，手里紧握着水枪，朝角落里走去。

苏静瑞就在最里面，他一个人在安静地画着竹子，身旁有一个饭盒，已经空了。他没有去食堂买饭，而是自己带饭，虽然饭菜已经凉了。

罗杰已来到他身后，心里盘算着如何进行下一步，干脆来个误打误撞算了，假装和一个同学在打闹，不小心把水往他脸上喷，这样应该可以……他看了一下水枪，满满的水，足够一下子喷湿他的帽子和口罩……然后他道个

歉，假装跑掉，在附
近藏起来，等待外星
人解掉帽子和口罩，
再用相机拍下。

　　他的嘴角勾起，为
自己的想法自鸣得意：

　　"天才就是这样诞
生的!"

　　准备冲过去了，
罗杰咽了咽口水：3
……2……1，GO! 他
在心里默念，脚步迅
速前迈，脚底"噔噔"
作响，嘴里喊着："别
跑，小样的，我打到你了!"

　　苏静瑞回头，罗杰的水枪口瞄准他，要发射了。

　　就在这千钧一发的时刻，罗杰被人一下子推开，水喷
出去了，喷在了苏静瑞的脚边。

　　苏静瑞向后倒退了几步。

　　罗杰一个趔趄，侧过脸，见到推开他的人是王强，正
怒气冲冲，一副猛虎下山的架势，直向苏静瑞逼去。

"王强，你推我干吗？"罗杰火冒三丈，可恶的家伙。

"你挡住我视线了呗。"王强没有回头看他，只盯着苏静瑞，"外星人，赔我电子词典！"

苏静瑞摇头："不明白。"

"你装傻呀，把我的书包摔地上了还不承认？"王强双手叉腰，"你的画——《海龟》就是证据，掉在我座位下面了。"

苏静瑞双手抖动了几下："我不知道你在说什么？"

"看来你没有亲眼见到你的破画是不会相信呀，"王强瞪着他，"走！到教室去，画在淘淘手上。"

苏静瑞似乎呆愣住了。

罗杰生着闷气，他恨不得过去揍王强两拳，以解心头之恨。

"快走呀，我可没时间跟你磨蹭。"王强向一旁走，回头瞥一眼罗杰，"罗杰，你在这里干什么?"

罗杰望向苏静瑞，他正在收拾东西。

"我和朋友在玩耍，他跑没影了。"

王强听了，也没多想，他脑子里只装着自己的事。

苏静瑞绕开罗杰，走在王强身后。

罗杰没有跟过去，而是呆呆地傻站着，也许他又在想方设法弄证据。

还没走进教室，王强就开始大声嚷嚷："淘淘，淘淘，快点把那张破画给我。"

很多同学见到苏静瑞，都躲得远远的。

王强这时才反应过来，急忙远离苏静瑞，因为他没有感冒。

淘淘把《海龟》拿出来，展开给苏静瑞看，"这画……我想听听你的解释。"

王强一听，很不高兴："快点让他赔偿我的东西，跟他废话什么呀。"

苏静瑞慢慢开口："我没有摔你的书包。"

淘淘朝王强挥了挥手，示意他先不要说话，接着他把画折叠起来，放回口袋："作案人未必是苏静瑞，我从画纸上发现了一样东西，现在还没分析出来，而且现场还有很多疑点，我认为这些疑点是不可以忽视的，需要一些时间进行推理判断。"

王强想了想："是什么疑点？"

"这很关键，我还不能说。"淘淘看着他，"我想知道，和你有矛盾的同学，除了小鱼和韩小彬，还有谁？"

"和我没关系，我从不惹是生非。"韩小彬急忙说。

"我没问你，请别插嘴，我正在破案呢。"淘淘很认真的样子。

"还有外星人。"王强瞪了苏静瑞一眼。

淘淘点点头："苏静瑞，你没有话要说吗？"

"我的画本来是压在书包底下的，放学忘记拿了，刚才王强去找我，我才想起来的。"苏静瑞说得很慢。

"你喜欢画画，照理说你应该很珍惜自己的画，为什么会忘记？为什么又把画折叠起来？那岂不是把画弄皱了。"淘淘用疑惑的目光看他。

苏静瑞停顿了一会儿："我饭前一般要吃药的，放学后，自带的水喝完了，急着去买瓶水，才忘记拿的。折叠起来是因为我喜欢把自己完成的画折成纸鹤，《海龟》还没折好就上课了，顺手压在书包下了。"

王强有些不解："明明已经有证据了，为什么还不能认定他就是作案人？"

"我已经说了，有很多疑点没解决，不能草草了事。"淘淘重申一遍。

王强考虑了一会儿："好吧，不过得有期限。"

"一个星期吧。"淘淘说，"今天是星期三，到下个星期三下午一点。"

"太长了吧。"王强不满意。

"这个时间比较公平，你的案子不一般。"淘淘用了夸张的词语，因为苏静瑞本身就不一般。

王强还是有意见："班长！班长来了没有呀？"

说曹操，曹操就到，孔文文刚进教室就听见有人喊她："什么事呀？"

王强急忙把班长拉过来："淘淘要的破案时间太长了。"

"又有案件发生啦？"孔文文左右瞥了一下，"不管什么事都不能马虎。"

王强盯着自己座位上的书包："那我岂不是一个星期用不了电子词典啦。"

孔文文拍了拍自己的书包："我的电子词典可以随时借你用。"

王强不语，班长都说到这份上了，也只好这样。

"好啦，"孔文文昂首挺胸，"同学们，要多多配合淘淘，让案件尽快破了。"

同学们都回应说没问题，班长说的话还是很管用的。

这时，安琪和咕噜回来了，她累得一身汗水，看见苏静瑞在教室，生气地叫道："臭淘淘，人都找到了也不说一声。"

"对不起啦。"淘淘抱歉地笑，他忘记了之前交代好的事，如果苏静瑞回教室了，他就得把红领巾系在窗台上作为提示，这样安琪远远的也能看得见，她带着望远镜呢。

安琪坐下来喝矿泉水，然后倒了一些喂给咕噜喝。

孔文文把淘淘拉到一旁："发生什么案子？"

淘淘简单地说了一下，孔文文低声问："你发现的疑点有哪些？画纸上到底有什么东西？"

"在我看来，王强的书包不是'摔'那么简单，画纸上的疑点嘛，我们到外面说。"淘淘很神秘的样子，同时，他也把安琪叫出去了。

三个小伙伴找了一处地方坐下来。

孔文文继续之前的话题："我不明白你的意思。"

"这个先别考虑，最重要的是画纸上的疑点。"淘淘看着她们。

安琪静静地听着，一边抚摸着咕噜的脑袋。

"画给我看看。"孔文文说。

淘淘直视前方:"安琪,你假装走开一下,找个地方躲起来,位置最好是能看见教室的,然后用你的望远镜往教室瞧,看看谁在偷看我们。"

"好的。"安琪把咕噜留在孔文文身旁。

孔文文非常疑惑:"淘淘,你这是?"

淘淘瞥见安琪藏好位置了,缓缓掏出画展开给孔文文看,手指在画上指了又指:

"你就当在听我说什么线索吧。"

"不明白呀。"孔文文盯着画,配合他。

"其实,我并没有在画上发现什么,不过,我已经在班上说我发现了线索。这只是突发奇想。我希望真正的作案人会上当,一会儿我会把画交给你保管,你要细心留意看谁想得到画。"

"知道了。"孔文文觉得这个办法很好。

"至于疑点,就差那么一点点就理清了,只是还没有抓到关键。"淘淘也焦急。

"你也不用太急了,反正有一个星期的时间,你的侦探名誉应该不用担心吧?"

"能不担心吗?这件事可是跟苏静瑞有很大关系,他本身就是个大难题,我们只能看见他的动作,根本看不见他的喜怒哀乐。"淘淘把画递给孔文文。

孔文文把画放进口袋，用手拍了拍："先从他入手，好好调查一下他呗。"

"可是你和安琪都不参与呀。"

"我们怕得感冒呀，不过，我们会协助你的。"

"那我只好单枪匹马喽。"淘淘撇嘴。

"可以让安琪回来了吧。"

淘淘点头："咕噜，把你的主人叫回来。"

"汪汪——"咕噜叫着跑开。

安琪侧过脸，从躲藏处溜开，笑着去迎接咕噜。

"咕噜，乖!"

咕噜蹭了蹭她的手，她感觉痒痒的，"咯咯"笑了起来。

淘淘叫道："好了，你们别磨蹭了，快过来!"

安琪一靠近他就说："你嫉妒我们的感情好。"

"我才不在乎呢。"淘淘扭头不去看她。

"哼，我才不信。"安琪绕到孔文文身旁坐下，咕噜伏在她身旁。

"我又不喜欢狗，有什么好嫉妒的。"淘淘辩解。

"你不喜欢咕噜?"安琪睁大两眼。

孔文文见状，笑笑："说正事吧，放学后再去斗嘴。"

"教室里谁在看我们?"淘淘问。

"小鱼。"安琪说,"他还拿着望远镜呢。"

淘淘看她:"你没被发现吧?"

"当然没有,别老以为我一无是处。"

"只有他一个人,你确认?"

"是的,他身旁没有搭讪的。"

"难道小鱼是作案人?"孔文文想了想。

"接下来我们就要看情况办事了。"淘淘起身,望向教室,"不管小鱼出于什么目的,我们都要静下心来进行判断,注意自己周边发生的事。"

"我会注意的。"孔文文也起身。

"还有任务给我吗?"安琪顺便问了一句。

"如果有人向你打听我得知的线索,你要故作神秘,让对方以为这个线索非常重要。"淘淘走开。

"哎哟,还玩心理战术呢,肯定又是跟福尔摩斯先生学的。"安琪拍了拍咕噜,"我要把你寄放到警卫室啦,放学就去接你。"

"汪汪——"咕噜听话地跑在前面。

安琪哼着儿歌跟在后面。

两个小诡计

孔文文没有进教室，她约了晓丽打乒乓球，看看表，时间到了，晓丽应该早去了。

走进乒乓球室，打球的学生还挺多。

晓丽已坐在休息椅上等待了一会儿，孔文文急忙迎上去。

两人说笑着，便开打了。

孔文文的球技不错，和晓丽不相上下。

打了一会儿，孔文文没接到球，球掉地上了。

孔文文转身去捡球，却被一个男生先捡了起来，她认得他，这不是和小鱼一伙的梁艾奇吗？

梁艾奇把球往空中一抛，孔文文接住了球。

"文文，我可以一起玩吧？"

孔文文盯着他，听他口气好像老朋友似的，肯定有企图。

"可以。"

"三个人是不是太少了，我再叫个人。"梁艾奇自作主张，把站在门口观望的秦尚文叫过来。

好样的，还找了个帮手，那就尽管来吧，孔文文在心里想：谁怕谁！

于是，两个女生对战两个男生，双方架势非常猛烈。

几局下来，大家都累得气喘吁吁。

"我们还是单打吧，双人太累。"秦尚文擦着额头上的汗水。

嘿，原来就这点本事啊，孔文文心里笑话两个男生。

"晓丽，你休息吧。"

晓丽点头，坐到休息椅上，秦尚文也坐下来休息。

孔文文和梁艾奇激烈地对战着。

秦尚文轻声地和晓丽对话：

"你们班长很厉害呀！"

"嗯，的确，打了这么长时间，精力还那么好。"

"你班长除了喜欢打乒乓球，还喜欢干什么？"

"文文的爱好可多了，比如到图书馆看书呀，到钢琴室弹弹钢琴呀，或者去英语角与别人交流英语等等。"

"她常去那几个地方吗？"

"当然，一天一个地方。"

"看样子，你们班长很有才呀！"

"呵呵，可不是嘛。"

"你们说什么呢？说得那么投入。"孔文文瞥见晓丽和那小子聊得很投机。

"班长，他说你很有才。"晓丽笑呵呵地。

"能当班长的都有才。"梁艾奇跟着说。

"又有一个人在夸你。"晓丽大声笑。

孔文文忍不住笑开了，这两个家伙这么夸人是什么目的呀？

晓丽休息够了，上前接替了孔文文。

孔文文抹了一把汗，坐到休息椅上。

秦尚文也接替了梁艾奇，和晓丽对打起来。

梁艾奇坐到孔文文身旁，脱下外套，然后起身："我

113

去买几瓶矿泉水。"

孔文文准备掏钱，梁艾奇笑："拜托，矿泉水而已。"

孔文文还是掏出一块钱，丢给他："谁说矿泉水了，这是辛苦费。"

"看来我不得不接受喽。"梁艾奇以为孔文文的话不友善。

"给！你的辛苦费。"晓丽也丢出一块钱给梁艾奇，发现他的脸色不好，笑着说，"这就是我们班长的性格，从来不会占人家便宜，我也是。"

秦尚文也笑："要是我班的班长，早就欣然接受了，文文班长有一套呀，用这种方式拒绝。"

梁艾奇抓起怀中的钱，买矿泉水去了。

很快他回来了，一只手提着四瓶矿泉水，另一只手在口袋中做着小动作。那只手里握着一个小瓶子，里面有一条毛毛虫，他已经拧开盖子。

他把矿泉水分给他们，坐下来穿上外套，一只手朝孔文文背后探着，手中捏着瓶子，然后手抖动了几下，毛毛虫从瓶子里掉到孔文文的背上，他的嘴角有了笑意。

孔文文一点儿都没发觉，一边喝着水，一边看着晓丽他们打球。

"该我了。"梁艾奇上前。

两个小诡计

"我也来打，这是最后一局了。"孔文文起身。

晓丽把球拍给她，站到一旁。

谁知刚刚准备打，晓丽突然大叫：

"文文，你的背上有毛毛虫！"

孔文文吓得丢掉球拍，惊声尖叫。

"脱掉外套，快点！"梁艾奇叫。

孔文文下意识地脱掉外套，扔到球桌上。梁艾奇一把

115

抓过，使劲甩了几下，毛毛虫掉在了地上。

"踩死它！快踩死它！"晓丽吓得寒毛都竖起来了。

孔文文直往后退，一想到这么恶心的毛毛虫在自己身上，简直不寒而栗。

梁艾奇和秦尚文蹿上去踩毛毛虫，踩了很多次都没踩着，因为梁艾奇的手在偷偷"搜索"孔文文的衣服口袋……

可奇怪的是什么也没摸着。

毛毛虫被踩死了，梁艾奇把外套给了孔文文。

孔文文抓着外套也没敢穿，径直向门外走。

晓丽跟上去："吓坏了吧？"

孔文文的心跳还没恢复正常，她摸了摸裤子上的口袋，画还在里面。

原来她认为两个男生是有目的，她在梁艾奇去买水的时候，换了一下画的位置。

这只毛毛虫的"离奇光临"，让她更加坚信真正的作案人很快就会露出马脚。

梁艾奇和秦尚文等到她们远去，才开口说话：

"外套里居然没有什么纸张。"

"怎么会这样？"

"才不管呢，反正我们该做的已经做了，成不成是他的事。"

"我问到了一点情况，与他交换电影票应该没问题。"

"有交代就行，即使没有他也会给的。"

"也对，以他的性格，绝对会给。"

这时，罗杰从他们身旁走过，他正心烦如何获取外星人的照片呢。

做做运动，能让脑细胞活跃起来，他得赶紧想办法，星期六，表哥就要拿回相机了。

罗杰打了一会儿球就离开了，他想到了一个好办法。

外星人从不上体育课和实验课，这是同学们都知道的事。下午有一堂实验课。

罗杰买了两瓶矿泉水，直接回教室了。

教室里，淘淘从课桌内拿起自己的书包，举在半空中。

他要理清那些疑点，首先要把书包摔在地上，力量要充足的话，就要用双手举起书包，像他现在这样的姿势。

不过，疑点就出现了，这样摔下去的话，书包不可能会在椅子的下方，也不可能滑进去，书包内可是有重物的，如书本和其他东西。

他盘问过王强，捡起书包时，书包的前端是朝着王强的后桌，这也是疑点，作案人拿起书包时，不可能再调个

方向，然后摔地上，也就是说书包的前端理应是朝着过道才对，作案人站在过道上把书包拉出来，摔下去……这样子的话，就不是摔啦。

把书包直接拉到地面上吗？也不对，书包不会跑到椅子下面。

还有画的疑点，画也是在椅子下面发现的，这很反常。

怎么回事？这件看起来很普通的小案子，却越分析越奇怪。

王强把书包拿起来了，显然已经破坏掉现场，根据他的口述，也只是个大概，如果能破解那几个疑点，案件就会明朗化。

淘淘陷入沉思。

假设苏静瑞不是作案人，小鱼是作案人，那么《海龟》画就很好解释了，韩小彬是苏静瑞的同桌，他上次能弄到书，这次拿到一张画也不足为奇。

安琪上前拍了拍淘淘："有人向我打听你的线索了。"

"谁？"淘淘把举了半天的书包放下。

"韩小彬。"安琪张望了一下，"我是趁他不在才跟你说的，不打搅你了。"

淘淘点头，看着安琪走开。

韩小彬？看来又是小鱼的指使。

实验课，苏静瑞照常待在教室里。

罗杰一到实验室就跟老师请假，捂着肚子说自己不舒服，他要去医务室拿点药吃，老师同意了。

离开实验楼，他又恢复常态，掏出放在身上的小型望远镜，溜到宣传栏旁边，举着望远镜看教室。

他在等待机会，苏静瑞经常在上课时去卫生间，课间人太多，他很少离开教室。

等了十多分钟，苏静瑞才从教室里出来。

罗杰找准机会，溜进教室，把一扇门带上，把椅子搬到另一扇门外，又从自己课桌里掏出两个截断的矿泉水瓶，跑到另一扇门外，虚掩上门，再往半截瓶子里倒满水，踩上椅子，瓶口朝下，把半截瓶子卡在门缝上，另一个半截瓶子也装上水，卡到门上。

最后他扛着椅子跑开，跑到一处角落躲起来。

那些水足够把外星人淋个湿透，半截瓶子掉下来也不会砸伤人，因为推开门最先掉下来的是水。罗杰"嘿嘿"笑着，为自己的周密计划得意不已。

"天才就是这样诞生的！"这是他的口头禅。

没多久，苏静瑞缓缓向教室走来。

罗杰兴奋极了，这次肯定能成功。

正当苏静瑞离教室越来越近时，隔壁班一个老师走出来，看见他。

"粉笔用完了，我到你们班上先拿几根用用。"

苏静瑞点点头，向前走。

这位老师推了推身旁的门，没推开，向另一扇门走去。

不远处的罗杰眼睛都瞪直了，这位老师可是他的舅舅。

没办法，他急忙跑出来，大声叫：

"舅舅，舅舅……"

舅舅回过头："你不去上课，在干什么？"

"舅舅，"罗杰喘着气，"我不舒服。"

苏静瑞忽然站着不动了。

"不舒服还乱跑？"舅舅说，"到医务室看看。"

"我，我看了，已经吃药了。"罗杰瞅了瞅苏静瑞，难道他觉察到了？"舅舅，你去我们班做什么？"

"拿粉笔。"舅舅拍了拍罗杰的肩膀，"你好好休息。"

"舅舅，我们班也没粉笔了。"罗杰只好撒谎。

"好吧，我到别班去拿。"舅舅老师走开。

罗杰松了口气，偷偷瞥了外星人几眼，他还是站着不动，不打算进教室的样子。

看来外星人非常警觉，怎么办？

时间不多了，快下课了，罗杰显得很紧张，他又不想让外星人知道他的诡计，可是如果让别的同学淋湿，那更加糟糕。

罗杰抿着嘴，硬着头皮，向门口走去，接着他又侧过脸问："你怎么把教室门给关起来啦？"

苏静瑞没回应他，只是站着。

"不是你呀，那又是谁呀？"罗杰故作自然状，站在墙

壁边，伸手一推门。

"哗哗"几声响，一片水帘和两个半截瓶子从眼前掠过。

罗杰的手臂湿了，身上没湿，他装作非常惊讶的样子："哪个家伙干的？幸亏我没有往前站。"

他冲进教室里："哪个家伙干的？给我出来！"

苏静瑞还站在外面。

罗杰把另一扇门打开，对着苏静瑞说："找不到任何人，可能早就跑了。"

罗杰见他不动也不回应，跑过去捡起那两个半截瓶子，故意说："要是同学踩到，滑倒就糟了，我得扔垃圾桶去。"

苏静瑞转身，朝别的方向走去。

他应该没有看出破绽吧，罗杰自我安慰，看看表，还有五分钟就下课，这个时间搬回椅子绰绰有余。

词典案侦破

星期四，淘淘还是一点头绪也没有，于是，他单独找了韩小彬问话。

韩小彬很拘谨的样子："淘淘，跟我没关系。"

淘淘想了一下："假设放苏静瑞的画到椅子下是小鱼的主意，你就是同谋啦。"

"我不明白你的意思。"韩小彬的脸色有了变化，似乎

言不由衷。

"那你就说说，你和小鱼在教室里干什么吧?"

"我和小鱼在教室聊天，我请他吃了巧克力冰淇淋，没多久我们就出去了。"

"王强的书包呢?"

"书包，嗯……好……不是，好像在地上，"韩小彬语无伦次，"错了，错了，我不清楚。"

"你和小鱼在教室的哪个位置聊天。"

"小鱼的座位。"

"我们去一趟教室吧。"淘淘的心情豁然开朗，他已经有头绪了，这就是隔天再问话的效果。

"去干什么?"

"我还没问小鱼呢，听听他怎么说。"

韩小彬点头，眼神似乎很不平静。

淘淘还没进教室，就叫出了小鱼，同时还有王强。

"为什么不把作案人叫过来?"小鱼转着眼珠子。

"我自有打算。"淘淘看着他，"当时，你和韩小彬在教室里干什么?"

"聊天。他还请我吃了冰淇淋，接着就出去了。"

"嗯，你们说的一样。"淘淘看了一眼韩小彬，他好像笑了。"你们坐在哪里聊天?"

"我的座位。"

"王强的书包呢?"

小鱼停顿了一会儿,摇摇头:"不知道。"

淘淘瞥见韩小彬偷偷对小鱼摇头。"嗯,你们回答一致。"他露出笑容。

王强忍不住问:"淘淘,叫我过来干什么?"

"我现在要说关键的啦。"淘淘走进教室,他们跟了进去。

"韩小彬,小鱼,你们按照当时的聊天姿势坐到座位上。"淘淘看着他们。

韩小彬和小鱼不知道淘淘葫芦里卖的什么药,他们没有意见,只是照做。

韩小彬坐在左边,小鱼坐在右边,他们互相对看。

淘淘侧过脸:"王强,把你的书包放在椅子下方。"

此刻,韩小彬的脸"刷"地一下白了。

小鱼没看出韩小彬的变化。

"不用放了。"韩小彬从座位上站起。

"放,一定要放。"淘淘走过去,"我还有话要说呢。"

韩小彬又坐了下来,小鱼碰了碰他,他摇了摇头。

王强把书包放在地上了,淘淘指着书包:

"韩小彬,如果以你的说法来看,显然不成立。王强

的座位在第三组第四桌，小鱼的座位在第二组第五桌，以你的位置和角度，你真的不清楚王强的书包是否在地上？答案是不可能。你随便瞥一眼都能看清他的座位，所以你和小鱼说谎了。"

小鱼和韩小彬不知道该怎么回答才好。

淘淘继续说出自己的推理："王强的同桌游小白离开时，王强的书包还好好的，苏静瑞走在他的前面，那么苏静瑞就不可能作案。"

"他可以等所有的同学都离开，再溜进来作案。"小鱼站起来。

"最后一个同学离开的时间是十一点五十分，这个时间，你和韩小彬正好进教室了。"淘淘掏出一个小本子，"我已经做了笔记。"

"外星人可以等我和韩小彬离开，然后进去作案，当时教室可没人，我们离开时也没人。"小鱼继续回应。

"你们离开的时间是十二点钟，十二点钟苏静瑞在小竹林，王强十二点五分回到教室，以苏静瑞的速度，他是不可能在这么短的时间内到达教室的。"

"十二点他在小竹林，有证据吗？"

"这个……"淘淘望向座位上的苏静瑞。

苏静瑞站起来："当时有几个女生在竹林那里玩捉迷

词典案侦破

藏，见到我就跑掉了，我听到有个女生叫了另一个女生的名字，好像叫阮玲玲。"

淘淘让孔文文和安琪去其他班找一下那个女生，问问情况。

王强捺着性子等待，他早就想好好揍小鱼一顿。

很快两个女生回来了，还带来了阮玲玲，她证实了苏静瑞没说谎。

这下子，王强暴怒了，他冲上去揪住小鱼的衣服：

127

"小子，你敢作不敢当呀，看我不好好教训你！"

孔文文和其他同学拉开了他们。

淘淘走过去："小鱼，你赔他一个电子词典不就没事了？"

小鱼没说话，瞪着王强。

韩小彬沉默着。

孔文文也讨厌小鱼："你以后别再用毛毛虫吓唬同学了。"

"毛毛虫？我什么时候用毛毛虫吓唬同学啦？"小鱼面向孔文文。

"你的两个同伙，你敢说不是你的主意？"孔文文想起那件事就生气。

"同伙？什么主意？"

"梁艾奇和秦尚文，把毛毛虫放在我衣服上，想得到苏静瑞的画。"

"不知道你在说什么？"说完，小鱼瞥了一眼韩小彬。

"你——"孔文文气得满脸通红。

淘淘急忙说："对了，把画还给苏静瑞。"

孔文文说："等我气消了再给他。"

韩小彬坐不住了，他大声叫："不是小鱼，是我！是我！是我的错！"

顿时，教室里安静了下来，同学们一个个目瞪口呆。

韩小彬是作案人！谁都不可能想到。

淘淘也惊呆了，他也一直认为是小鱼干的。

王强慢慢地把视线移向韩小彬："你?"

"对不起！班长，梁艾奇他们找你是我的主意，但毛毛虫不是我的主意，我还让小鱼用望远镜帮我看看你们在外面商量什么，所以……"韩小彬低下头，"我不是故意摔王强的书包，是不小心撞到他的桌子，书包滑出去了。我本来不想把事情搞大的，但小鱼出于好奇心做了对不起外星人的事，他打算……小鱼说外星人让他吃了不少苦头，他要报仇，而且我也害怕王强会打我，所以就同意他那么做……对不起！王强，对不起！外星人，对不起，班长，对不起，对不起……我会赔的。"

淘淘恍然大悟，照这样看，那些疑点也就不再是疑点了。

孔文文和安琪笑了笑，淘淘果然有一套。

"你肯定是故意的。"王强以为韩小彬有所隐瞒。

"我说的是真话，小鱼可以证明。"韩小彬急了。

"是的，我可以证明他没说谎。"小鱼跟着说。

"我才不相信他的话呢。"王强火气很大。

"我相信！"淘淘捡起王强的书包，"不相信的话，我

就给你们做个演示。"

同学们都盯向淘淘。王强忍住怒火，也想看看淘淘如何推理。

淘淘把王强的书包塞进课桌："大家看清楚，注意我的动作。"

他站在过道上，把书包拉出来，举在空中："你们觉得我这样摔下去，书包会掉在哪?"

"喂，别摔，我的书包里还有东西呢。"王强上前。

"不会摔的，放心，我只是说说。"淘淘微笑，他刚才差点忘了那是别人的书包。"安琪，把我的书包拿过来。"

安琪很快把他的书包递过来。

淘淘捧起自己的书包和王强的书包对比："差不多重。"说完，他重新把书包放进课桌内，拉出，举起，接着"砰"的一声摔地上了。

同学们都盯紧了地板上的书包，书包没有在椅子下方，而是旁边。

"王强，你的书包掉的可不是这个位置。"淘淘看了王强一眼。

王强说："在椅子下面。"

"好的，现在进行另一个演示。"淘淘捡起书包，塞进课桌。"韩小彬，你过来撞一下桌子。"

韩小彬走过来用后背撞了一下桌子的后面，"砰"的一声，书包滑出去了，一下子滑到了椅子下面。

同学们的眼睛都看呆了。

"真的是这样耶！"

王强的怒火息了，韩小彬见王强不语，有点害怕："王强，明天我就去买一个赔给你。"

王强走开，甩下一句话："赔一半吧，反正我的电子词典已经很旧了。"

韩小彬听了，放松了许多："谢谢你。"

淘淘捡起书包，拍了拍灰尘："让你受苦了。"这可是他的新书包耶。

孔文文笑："你的书包作出了大贡献，好样的。"

安琪大笑："你的表情可真搞笑。"

"拜托，给点同情心好吗？"淘淘撇嘴。

"书包又不会呼吸，它不会感觉到疼啦。"安琪还是笑个不停。

"它不疼，我疼！"淘淘扭过头。

"淘淘，你这么快就破案了，为什么还说需要七天时间？"孔文文笑问。

"多一天时间有什么不好，"淘淘撅起嘴巴，"我的侦探名誉可是很珍贵的。"

安琪附到他耳朵边："敢不敢跟我打赌？"

"什么？没有我不敢的！"淘淘又得意了起来。

"从现在起，一直到下周三，你有没有这个本事，揭开外星人的秘密？"

"这个……下周三……时间太短了吧。"淘淘犹豫着。

"不敢？那刚才你干吗说大话？时间长那还叫打赌吗？"

"说大话？"淘淘可不想让她看扁，"赌就赌！"

"好，你赢了，我请你吃好吃的，玩好玩的，若你输了，我可是不客气的啦。"安琪信誓旦旦。

"没问题。"淘淘的脑子里在打算着吃什么，喝什么呢。

孔文文撇撇嘴，走开了，她要去还苏静瑞的《海龟》画。

外星人的右手

　　罗杰靠着课桌，眼睛直视苏静瑞，昨天的计划没成功让他一直闷闷不乐，不过他并没有死心。

　　中午放学。

　　苏静瑞没有去食堂吃饭，他自己又带饭了，这次他来到莲花池边。

　　池内有大大小小的鱼儿在嬉戏，池上漂浮着朵朵莲

花。

这里美丽而宁静，让人增添了睡意。

苏静瑞却没有睡意，他似乎过于敏感，偶尔背后有一阵风刮过，他都会回头看一下。也许他在担心那不是风儿的声音，而是人的脚步声。

苏静瑞是对的，在他身后不远处就有人在盯着他。

罗杰把脖子伸得长长的，他还没有吃饭，一直悄悄跟着苏静瑞。

吃完饭，苏静瑞把饭盒收进书包里，也许是一时兴起，他坐在莲花池边，画起了画。

罗杰看在眼里，脑子里有个念头蹦了出来，他猫着腰，转身向后走。

没一会儿工夫，他搬来了一块沉甸甸的石头，大约有几个巴掌那么大。

他绕来绕去，终于绕到苏静瑞背后的一座石雕塑旁，他探了探头，前方的外星人画得很投入的样子。

他就不信弄不湿苏静瑞，这就是罗杰不达目的不罢休的性格，即使明目张胆，他也不在乎了。明明说了真话，却没有人相信，这才是他在乎的。

苏静瑞忽然不画了，他停顿了一会儿，收起画纸和笔。

罗杰一愣，是不是被发现了？管他呢！他从石雕塑背后蹿到苏静瑞旁边。

还没等苏静瑞反应过来，"哗"一声响，罗杰把怀中的石头投进了离苏静瑞最近的水里。

瞬间，水花铺天盖地地向苏静瑞袭去，淋了他一身水，水珠从他的帽子、眼镜、口罩还有手套上流淌下来。

连罗杰也被溅到了一些水，他注视着变得僵硬的外星人，一句话也没有说。

不远处，突然怒气冲冲地跑过来一个女生，是方楠。

她人未到，声音却尖锐刺耳："坏小子，你活腻啦?!"

罗杰见她是女生，并没有显露出害怕的神色。

方楠一把抓住他，把他摔在了地上。

罗杰的屁股被摔疼了："你是谁? 关你什么事?"

方楠恶狠狠地瞪他："管好你自己，不许再欺负他! 快滚!"

罗杰被激怒了，一骨碌从地上爬起，拼了命似地往方楠身上撞。

方楠灵巧地闪开了，罗杰一下子跌倒在地，他的眼睛红红的。

方楠转身，从口袋里掏出一包纸巾递给苏静瑞。

但是苏静瑞并没有接受，他向后退了几步。

罗杰不解，却想趁机偷袭方楠，他张开双臂，猛地抱住她的一条腿，想把她摔倒在地。

然而他失败了，眼前这位女生，不是柔弱的女生。

她像拎篮子一样，把罗杰拎了起来。

罗杰腾在半空中，吓得"哇哇"大叫。

"小子，还敢目中无人吗?"方楠用另一只手使劲打了罗杰两下屁股。

"哎哟，好痛啊!"罗杰疼得"嗷嗷"叫，他非常地不服气，"你不就是比我大几岁吗？我不服！"

方楠笑笑，把他放了下来："那我就先让你几招，来呀，快来呀！"

罗杰有点傻愣，明知道不是对手，还硬撑，硬逞强："我跟你拼了！"

他对着方楠又踢又打，打得非常用力，几乎是把刚才的愤怒全释放出来。

不远处，路过的淘淘看得一愣一愣的，他傻眼了，几乎成木头人了。他吃完饭就开始找苏静瑞，咕噜今天没来，安琪说咕噜不舒服。

苏静瑞走开了，不知道要去哪里。

方楠已经让够了，她把罗杰摁倒在地，一下又一下地打他的屁股：

"小子，今天不好好教训你，看来是不行呀！"

罗杰疼得实在受不了，竟"哇哇"大哭起来。

方楠停手了："男子汉还流眼泪，哼！"她扭头，才发现苏静瑞早已走远，急忙追上去，嘴里大叫："苏静瑞你去哪里？我看见你吃冷饭了……"

罗杰还在抽泣着，他第一次受了这么大的委屈。

淘淘慌忙跑过来，扶起罗杰。

罗杰慌慌张张擦干眼泪："你，你看见了？"

"那个女生是谁?"淘淘关心的是这个。

"不知道,也不认识。"罗杰望向远处,眼神愤怒到了极点。"对了,不许跟别人说我被打,打屁股了。"

"好的。"淘淘看他双手在揉搓屁股,想笑,没敢笑出来。接着他跑去打电话通知安琪和孔文文,两个女生好奇心大起,急忙赶到学校与他会面。

三个小伙伴坐在校园的一角讨论。

"淘淘,你说有个奇怪的女生在帮苏静瑞?"两个女生惊讶地问。

"是的,那个女生非同一般,很强悍,"淘淘回想,"我看见苏静瑞一身水,应该是罗杰干的好事。当时罗杰和那个女生已经在周旋,最后罗杰被整哭了。"他忍不住笑了起来。

"什么事让你那么好笑?"

"没有。"他答应人家不说的。

"我才不信呢,快说!"安琪凑近他。

又逼供了!不过咕噜不在,他才不怕呢。

"真的没有。"他收住笑容,装出一副正经模样。

"不说是吧?"安琪又想说:咕噜可饶不了你。话还没说完,孔文文就拦住了她:"安琪,我们也加入淘淘的行动中吧?"

"什么？我可不敢，我可不想被传染病菌。"安琪觉得那是件非常可怕的事，"况且我已经跟淘淘打赌了，有必要参加吗？让他一个人调查好了。"

"别这样嘛。"孔文文碰了碰淘淘，"你不说两句？"

淘淘想，一个人调查不如三个人合力，这样省心多了，还不用提心吊胆。那个危险女生可不是好惹的，简直就是女版的"史泰龙"。如果一不小心自己也被误认为是欺负苏静瑞的人，那么两个女生还可以帮忙，女生跟女生之间有话好商量。

"参加吧，安琪。"

"我们的赌约可是有效的。"安琪嘟嘴。

"大不了有效期缩短至星期一，"淘淘无奈，"顶多让你跑跑腿什么的，不会让你冲锋陷阵的啦，你害怕什么呀？女生就是胆小。"

"喂，你怎么可以一竿子打翻一船人？说话太没水准了吧？"孔文文不认为自己胆小。

淘淘苦笑，说话而已，又不是上台演讲，跟水准有什么关系？

安琪说的话让他们大笑："一竿子？我是竿子？我可不想当领头羊，我还是当大灰狼……当大灰狼的心脏吧，胆子大呀！"

他们俩笑得直不起腰了。

"安琪，你那话跟谁学的？"淘淘觉得安琪颇有搞笑天赋。

"这种话还用学吗？我是天才！"安琪认为淘淘在夸她。

安琪的回答不禁让他们笑得更大声了。

安琪扯了扯淘淘的衣角："给你面子，你还笑！"

孔文文急忙忍住笑，淘淘也努力让自己不再笑，他绷着脸："给你面子？"他眼珠转了转，"哦……你答应了？嘿嘿，确实有狼的心脏呀。"

"好了，不想跟你没完没了地说啦，你有什么计划？"

"我们只能是盲人摸路，走一步是一步啦。"淘淘笑。

三个小伙伴回教室，等待苏静瑞回来。

直到快上课，苏静瑞才步入教室，身上已是另一身干净的"防护服"。

罗杰再次看见他的时候，眼睛里溢满了愤怒。

体育课，苏静瑞一个人待在教室里。

操场上，同学们热热闹闹地做着热身运动，体育老师要让学生进行拔河比赛，训练团队精神。

他和体育委员去取绳子了。

趁着这个空当，罗杰想开溜，被孔文文叫住："罗杰，你干什么去?"

"班长，我去吃一下维生素片，忘吃了，不吃的话，效果就不好啦。"

孔文文点点头："快去快回。"

罗杰迅速跑向教室。

淘淘可不相信他说的话："班长，我很渴，想去教室喝点水，可以吗?"

"快去快回。"孔文文看了他一眼。

淘淘扭头转身跟了过去，罗杰头也没回，跑得飞快。

教室里，苏静瑞在看书，被脚步声惊扰到了，他抬起头，似乎有点慌神，手中的书本滑落。

罗杰一进教室，就把两道门全都关上扣好，淘淘被关在门外，他慢了一步，进不去，只好靠在窗口叫罗杰开门，可是罗杰根本就不搭理他。

苏静瑞急忙离开座位，左手伸进口袋，准备掏小刀子防备。

罗杰已经逼近，他眼疾手快，一下子抓住了苏静瑞的左手。

教室外，淘淘知道情况不妙："罗杰，你住手，要不然我叫人啦。"

罗杰似乎没把淘淘的话当一回事，还没等苏静瑞挣扎

过来，罗杰竟一把扯掉了他的右手手套！

瞬间，罗杰倒吸了几口冷气，吓退了好几步。

准备张口大叫的淘淘表情僵了，只有苏静瑞一个人在大口大口地喘气。

他们都被苏静瑞的右手给吓坏了。

手套一摘，苏静瑞的右手就被完完全全地暴露出来，只有四个手指，发黑，肿大，而且很吓人，那根本称不上是人手。

"外——星——人！"罗杰哆哆嗦嗦从嘴里吐出三个

字，像是刚从阴暗的地洞里钻出来，他只想逃离，逃离教室，他有点腿软，但还是夺门而出。

淘淘感觉头皮发麻，第一次脱口而出："外星人？"

苏静瑞似乎全身在颤抖，他缓缓拾起地上的手套，缓缓套上那只令人恐慌的右手。

不知不觉淘淘的步伐已在向后退，接着他转身跑开。

一切发生得太过突然，淘淘心神不定地回到操场，但他却没看见罗杰。

体育老师正在编排队伍。

孔文文跑到淘淘身旁："罗杰呢？怎么没来？"

"他……有点不舒服，你去跟老师说一下吧。"淘淘心口不一的样子，他知道这件事非同一般，不能说出来。

"是吗？"孔文文看出他有些不对劲，不过她还是去跟体育老师说了罗杰不舒服，在教室休息。

体育老师点点头，继续分配人数，一会儿就开始拔河比赛了。

五分钟后，拔河比赛正式开始，体育老师吹响哨子，大声叫："同学们加油！拿出你们吃奶的力气让对方一败涂地，团结就是力量，加油！"

双方队伍奋力向后拔，安琪和淘淘是一队的，他们一前一后。

"加油！加油！"同学们都在打气。

淘淘却一声不吭，眉头紧皱，安琪觉得奇怪："淘淘，你怎么死气沉沉的?"

淘淘已陷入沉思，只是机械地跟着向后拔绳子，向后倒。

"淘淘，又在发什么愣?"安琪喘着气。

淘淘动了动眼珠："别输了，用力呀!"

安琪撇嘴："我比你用力，你看你，哪像在比赛呀，倒像是拖后腿的。"

"拜托，"淘淘示意了下脑门上的汗珠，"请问这是什么? 这可是努力奋斗的结晶。"

"开玩笑啦，这么认真干吗?"安琪只是想让他放松心情，她发现他的脸从刚才到现在一直紧绷着。"你是不是受什么刺激啦?"

淘淘沉默了一下："我没力气说话了，快拔呀!"

安琪向旁边探了探脑袋，赶紧用力拔，要输了呀。

五分钟后，胜负已定，淘淘他们这队输了。

体育老师让同学们散开去休息。

古怪的女生

三个小伙伴聚在一起，安琪抱怨淘淘不够专心，所以他们才会输。

孔文文不管这些，她关心的是淘淘为什么怪怪的。

"淘淘——"

刚想要问他，淘淘就打断她的话："我们得先找到罗杰！"

"怎么了？"

"找到人再说吧。"

两个女生互相看了看，各自撇了一下嘴，跟着淘淘去找人。

三个小伙伴四处搜索，在一个角落找到罗杰，他正坐在一块石头上发呆。

"罗杰。"淘淘叫他。他抬了抬头，没说话。

三个小伙伴走近他，淘淘说："那件事，你还是先不要说出来的好。"

"哪件事？"两个女生异口同声。淘淘看了她俩一眼，没回答。

罗杰停顿了一会儿才说：

"我做了那么多，就是为了证明我没说谎。"

"如果你说了，外——哦，苏静瑞会放过你吗？那个女生会放过你吗？"淘淘提醒他。

罗杰犹豫了，淘淘说得对。

"到底什么事呀？"两个女生急了。

淘淘见他不说话，只好说："我在调查苏静瑞，所以我不希望有意外和阻碍。"

"你在调查他？"罗杰抬头看他。

"你配合我的话，我也会配合你，有什么新发现我会告诉你，反正你的目的是这个。"

"好吧。"罗杰低下头。

两个女生盯着淘淘，他说的话真奇怪。

淘淘迈步离开，两个女生追上去。

"淘淘，到底是什么事情？"

"苏静瑞的事。"

"快说！"

"他的右手……不像人手。"

两个女生一愣："不像人手？什么意思？"

"不好形容，他只有四个手指。"

"四个手指！"孔文文眼睛都瞪大了。

安琪惊恐万分："天哪，他果然是外星人！"

"所以我们更加得去调查他。"

"他会不会是被遗弃掉的外星人？"安琪嘀咕。

"反正第一眼看到他的手，我也很害怕。"淘淘有种不寒而栗的感觉。

淘淘的这句话被韩小彬听见了，他正好从他们背后经过，三个小伙伴并没有注意到。

韩小彬把他听见的话告诉了小鱼，小鱼非常感兴趣："你只听到这句话？其他的没有听到？"

"我只是经过。"

147

外星人降临学校

小鱼分析淘淘说的话：反正第一眼看到他的手，我也很害怕。

"第一眼？他的手？害怕？应该是指外星人的手，那么就是右手。"

韩小彬心里毛毛的，淘淘居然也害怕，说明外星人一定非常可怕……他越想越恐慌。

在不远处喝水的王强注意到韩小彬的不安，待小鱼走

148

开了，他就叫住韩小彬。

"你应该有话要对我说吧？"

韩小彬不解："话？什么话？"

"你、你是在担心什么，对吧？"

"我——"韩小彬对他还是怕怕的，便如实交代了。

王强呆愣住，韩小彬的信息勾起了他的好奇心，本来他也是害怕被传染病菌才收手的。

星期五，韩小彬请假没来上课，他向班主任请求调换座位，但班主任没答应。

中午放学，苏静瑞独自来到竹林，他似乎比较喜欢这里，宁静幽雅。

小鱼和王强各自跟过来，彼此没有理会对方，但是他们不知道三个小伙伴也跟来了。

苏静瑞坐下来，拿出饭盒，准备吃饭。

小鱼抢先于王强，跳到苏静瑞面前。王强倒是不急的样子，只是躲着偷看。

三个小伙伴不动声色，打算看看再说。

苏静瑞被突然蹦出的小鱼吓了一跳，手中的饭盒掉落在地，饭菜撒落一地。

"外星人！我只想看看你的手，右手。"小鱼慢慢地向他逼近。

苏静瑞慌了神，左手伸进口袋，要掏小刀子。

小鱼一下子扑过去，把他摁倒在地。

苏静瑞喊出撕心裂肺的沙哑声：

"我——不——是——外——星——人！"

小鱼愣了一下，还是想揭掉他的手套，一探究竟。

此时此刻，三个小伙伴的心被苏静瑞的叫声给深深震撼。

孔文文大喝一声："住手！"她迅速冲上去推开小鱼。

安琪有点胆怯，只是看，不敢动手。

淘淘盯着小鱼："你怎么能这样？"

苏静瑞躺在地上，并没有起来，他喘着粗气，发出断断续续的沙哑声，似乎在哭泣。

孔文文有点害怕，没敢去扶他起来，她扭头："王强，你给我出来！"

王强只好灰溜溜地钻了出来。

小鱼很不服气的样子："班长，你管得也太多了吧？"

"班长的定义是什么？就是管你们！"孔文文瞪他。

"你看你，也不把外星人扶起来，你是不敢吧？"小鱼最讨厌半路杀出来的"程咬金"。

"我，我……"孔文文瞥了一眼苏静瑞，他的声音听起来是那么的凄惨，"谁说我不敢？"

正当孔文文伸手要去扶苏静瑞，一个声音传了过来：

"不许碰他！"

所有的人回头，只见一个高高的女生，怒容满面，手里提着一个饭盒。

"是她！"淘淘轻声说，两个女生明白了。

王强吓得往后退，退到他们几个身后。

小鱼并不知情，一副不以为然的态度。

"谁？谁干的？"方楠看见苏静瑞躺在地上，而且还是躺在一地的饭菜上面，让人看了就难受。她一放学就来找苏静瑞，听见这边传出的声音，急忙跑过来。她伸手去扶苏静瑞，苏静瑞却自己起来了。

"谁干的？给我站出来！"方楠的神态像猛虎。

"是我。"小鱼上前一步。

"很勇敢呀。"方楠皮笑肉不笑，一脚猛踢过去，速度又快又狠。

小鱼瞬间吓傻了，心脏都提到了嗓子眼，以为自己会被踢飞。其他人也惊呆了。

但是这一脚稳稳当当，落在了离小鱼一厘米远的竹子上，竹子瞬间断成两截。

其他人都盯向竹子，竹子可不细。

"你们都仔细给我听好了，我是苏静瑞的姐姐，如果

再让我看见你们欺负他，后果可就你们自己负责，谁想试试，我奉陪到底！"方楠握紧拳头，挥了挥。

"我们三个可没有欺负他。"安琪指了一下淘淘和孔文文，她可不想被人误会。

方楠停顿了一会儿："那你们三个在这里干什么？"

"我是班长，有责任关心同学。"孔文文看着苏静瑞，"显然……做得还不够。"

苏静瑞一句话也没说，只是站着。

方楠以为苏静瑞默认了，从口袋掏出五十元钱，递向孔文文："你是班长，这是赔偿竹子的钱，我损坏了公共财物。"

孔文文犹豫了一下，方楠抓起她一只手，然后把钱塞在她的手心。

"你们都走，最好不要忘记我的话。"

"姐姐，你叫什么？好厉害呀！"安琪竟然钦佩起她的身手。

方楠盯向她，她的样子天真活泼："我叫方楠。"

"方楠？"安琪转动着眼珠，"苏静瑞？你们难道是表姐弟关系？"

方楠点了一下头。

"我叫安琪。"安琪微笑着离开，孔文文和淘淘边走边回头看。

小鱼和王强各自惊出了一身冷汗，飞奔着离开。

方楠把手中的饭盒递向苏静瑞。

"这是热饭，以后我会天天给你带饭，地点就这里吧，好吗？"

苏静瑞没有伸手去接。

"别这样，好吗？"方楠说着，肚子"咕咕"叫了起来，她有点不好意思，"我还没吃饭呢，难道你一点儿都不领情？"

远处，淘淘是三步一回头，隐隐约约还能看得见他们。

"肚子好饿啊。"安琪咽了一下口水。

他们本来想先跟踪苏静瑞，确定一下他的位置，然后再去吃饭的，却见小鱼和王强鬼鬼祟祟，各怀鬼胎，而后又发生这样的事。

孔文文不免担心："以后会不会比较难调查？"

安琪无所谓，她只当自己是助手。

"我感觉那个叫方楠的女生不是他表姐。"淘淘想了想。

"这不是明摆着吗？有什么好怀疑的？"安琪说。

"不，不是这样的。如果她真是苏静瑞的表姐，第一次罗杰欺负他，方楠出现，苏静瑞不可能那么冷淡。这次

你们也看见了，他也很冷淡，连扶都不让她扶。"淘淘分析给她们听。

"看来真的有问题。"孔文文一脸疑惑。

安琪想了一下："也许他们闹别扭了，所以苏静瑞才表现冷淡，我就经常和咕噜闹别扭，它还经常不理我呢。"

淘淘听着就想笑："你那是什么逻辑呀，明明是你经常不理咕噜的。"

安琪轻"哼"了一下，跑掉了，回头留下一句："我很饿了，先走一步啦。"

孔文文笑笑："她总是这么活泼。"

"看来我们得想个万全之策，否则这样下去很难调查到什么。"淘淘看着她。

孔文文有了新的想法："也许我们应该那样做，没有人比他们更了解他……"

傍晚放学。

孔文文从班主任那里打听到了苏静瑞的家庭住址，然后三个小伙伴前去查看了他家的环境，准备在周末两天去调查调查。

星期六早上。

三个小伙伴早早来到苏静瑞家附近，各自举着望远镜观察他家的情况。

古怪的女生

一大早苏静瑞的爸妈就出门了，临走前和苏静瑞在门口说了许多话，他身上还是裹着"防护服"。

三个小伙伴商量了一下，两个女生去跟踪他爸妈，淘淘留下来继续观察情况。

苏静瑞已经进门了，两个女生也离开了。

淘淘想靠近点观察，一点一点小心翼翼地向前探路。

刚靠近他家，没想到方楠来了。

淘淘急忙缩进拐角处，躲藏起来。

"叮咚——叮咚——叮咚——"方楠按响门铃。

155

苏静瑞打开门，却没让她进门。

"你以后别再来找我了，也不用到学校给我送饭。"

说完，苏静瑞要关门，方楠阻止他，面容诚恳：

"听我说几句好吗？"

苏静瑞沉默。

"我想帮你，尽我所能，只要你点一下头。"

"我自己能照顾自己。"他的话很冷漠，没有任何感情。

"对不起……我真心想帮你。"方楠很难受的样子。

"我的事跟你没关系，也不需要你的可怜。"

"不，我没有那个意思，我已经把你当成我的亲人，当成我的弟弟。"方楠的眉头紧皱。

许久，苏静瑞才冒出这么三个字："请回吧。"

方楠站着没动，眼神复杂。

附近的淘淘听得真真切切，他能明确一点，方楠不是苏静瑞的亲人。

那么，他们到底是什么关系？

外星人的真面目

谁知淘淘身上的手机响了，他忘记设置静音了。

一时间他懵了。

门口的苏静瑞朝屋内瞧了一眼："你走吧，我要接电话了。"接着他关上门。

淘淘的心跳加速，幸亏自己手机铃声和电话是一样的，苏静瑞以为自家的电话响了。淘淘匆忙把手伸进口

袋，挂掉电话。

门外，方楠已离开。

不一会儿，门又开了，苏静瑞跑了出来，跑到房前，朝房子的周围找去。因为他一进屋，铃声不响了，他发现电话上并没显示有未接电话，便猜想屋外可能藏着人。

他绕了一圈，却没发现任何人。

淘淘早已跑开了，他躲在另一个角落，"扑通扑通"，心跳还在加速。

他掏出手机一看，有一个未接来电，是孔文文打来的，于是他给文文回了电话：

"什么事？"他喘着气。

"发生什么事了？喘得那么厉害。"

"一切都好，只是我弄清了一个问题。"

"是什么？"安琪的声音。

"方楠不是他的表姐。"

"啊？"两个女生惊讶不已。

"你们有什么进展。"

"没进展，只知道他爸妈经营了一家小饭店。"孔文文的声音。

"我们两个用尽了任何方法，却没有问出什么来。"安琪的声音，"他爸妈不愿意说。"

"而且我发现他爸妈的表情也不对，似乎有一层阴云笼罩着他们。"孔文文说。

"接下来该怎么办?"

"办法是想出来的，你们也想想。"淘淘说，"有好办法我们再一起商量，我想在他家附近继续观察，你们呢?"

"我们要去放松放松，"安琪的声音，"文文你说呢。"

"好吧。有事打电话，淘淘。"

"知道。"淘淘把手机放进口袋，取出望远镜。

他又溜回原先的观察地点，苏静瑞家门紧关，窗户紧闭，找不到任何可供窥视的缝隙。

于是，他去了周围的居民家，打探消息，谁知没有人知道苏静瑞这一家子的事，只说他们是新搬来的。

没办法，淘淘只好回家。

午饭过后，三个小伙伴聚在一起。淘淘打算自己去一趟苏静瑞爸妈那里，两个女生得在店外望风，免得苏静瑞来了都不知道。

淘淘走进店里，店内的客人很多，苏静瑞的爸妈汗流浃背，忙得不可开交。

待他们稍微有空闲喘口气，淘淘才赶忙前去问好。

苏静瑞妈妈坐在前台，还有点空闲和淘淘说上几句话。

"阿姨，我是苏静瑞的同学。"

"哦，你是来吃饭的吗？"

"不是。"

"那我想请你帮个忙，可以吗？"

"可以。"

"知道我家的位置吗？"

"嗯……知道。"

"麻烦你帮我送饭给静瑞，好吗？他还没吃饭，我们又抽不开身，要到两三点才会闲下来，不能让孩子吃方便面什么的，没营养。"

淘淘有点犹豫。

"不方便吗?"

"好的,我现在就送去。"

"谢谢你,对了,你叫什么?"

"孟淘淘。"

"孟淘淘……"苏静瑞妈妈微笑,"我记住了。"然后她叫苏静瑞爸爸赶快打包一份饭菜。

淘淘接过饭菜,苏静瑞爸妈充满了感激。

无奈之下,他出门了,孔文文和安琪凑上来。

"淘淘,你这是干什么?"

"送饭呀。"

两个女生不解:"什么意思?"

"刚和他妈妈搭上话,就让送饭了。"淘淘回头看了一下,"怪不得苏静瑞中午放学会在学校吃饭,他爸妈太忙了。"

"那赶紧给他送过去吧。"孔文文想起了一件事,"那他为什么吃凉饭呢?"

淘淘叹了口气:"在食堂吃饭,很多学生都会被吓跑,他可能不想……"

"看来他蛮善良的嘛。"安琪抿了抿嘴唇。

三个小伙伴乘上公交车,在苏静瑞家附近下了车。

淘淘让两个女生前去送饭，可不要让苏静瑞发现了。

两个女生小心翼翼前进，淘淘躲着后面观察动静。

到了门口，孔文文轻声说："准备好了吗？"

安琪点点头，手里提着饭盒，轻轻地把它放在第一个台阶上。

孔文文盯着她，一只手放在门铃上："1——2——3。"说到3，她立刻按响门铃。

两个人迅速跑开，朝预先约定好的躲避地点跑。

门慢慢开了，苏静瑞张望了一下，在附近徘徊了一会儿，没发现什么可疑的人，转身回去，连同饭盒一起拿进家里。

淘淘用望远镜瞧得很仔细，苏静瑞家的窗帘拉开了一条缝，隐约能瞧见苏静瑞。

此地不宜久留，还是先离开的好。

两个女生在另一边躲着，淘淘朝她们做了一个离开的手势。

三个小伙伴悄悄离开了，他们打算明天再行动。

星期日早上。

三个小伙伴早早又躲藏在苏静瑞家附近。

苏静瑞的家门打开，有人出来，这次他们一家三口都

出门了。

淘淘让两个女生跟过去，他好趁机查看一下苏静瑞家的概况。

绕着房子走了半圈，看见有一个窗帘没拉严，里面有点黑，看不清楚。

于是，他赶紧跑去商店买了一个手电筒。

拿着手电筒照向缝隙，他看到了一张单人床，看来是苏静瑞的房间，床边有一个小桌子，桌子上放着许多瓶瓶罐罐，而且还有不少绷带。

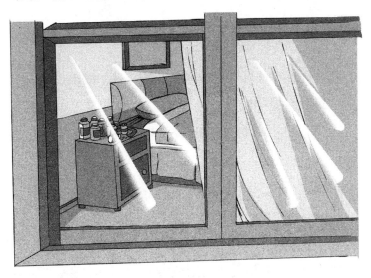

他拿起望远镜，天哪！那些瓶瓶罐罐都是药，看不懂是什么药。苏静瑞要那么多药做什么？

再看看能瞧见的地方，似乎也没什么特别的了。

他掏出小本子，把看见的药名都记录下来。

手机响了，淘淘接听，孔文文说他们一家三口进去医院了，医院人多，她们跟丢了。

"到我家等我，我一会儿就到，我发现了一个重要线索。"淘淘说完挂断电话，继续查看别的地方。

没多久，淘淘回家了，两个女生迫不及待地问他线索。

淘淘没急着说，先打开了家门，进自己的卧室，打开电脑，掏出小本子。

"这就是我发现的线索。"

"什么东西呀？"两个女生看不懂那些名称。

"我也不懂，电脑懂呀，查查就知道了。"

三个小伙伴坐在电脑前，搜索了一下小本子上的药名。

定睛一看，三个小伙伴傻眼了，那些药全是抗过敏、防感染和治疗烧伤的。

怎么回事？

"苏静瑞是外星人！"安琪似乎刚刚反应过来，"他果然是因为不适应地球环境，才武装自己的。"

"不是吧？"淘淘说道，孔文文沉默着。

淘淘决定再去苏静瑞家，问一下他爸妈。三个小伙伴匆匆赶去苏静瑞爸妈的饭店。

苏静瑞爸妈刚刚打开店门，他们热情地接待三个小伙伴。

"你们是来找静瑞的吗?"

"叔叔、阿姨，我想问你们点事情。"淘淘的目光真诚。两个女生只是听着，她们已经问过一次了。

两个大人看着他们："如果是关于我儿子的事，你们就别问了。"

淘淘开门见山："他桌子上为什么会有那么多药?"

"打听别人的私事，不太好吧。"阿姨脸色不太好。

"请你们把他当做普通人看待，好吗?"叔叔的口吻带着恳求。

这让淘淘的疑心更重，莫非他……真是外星人?

"好了，有客人了，我们要干活了。"阿姨有下逐客令的意思。

三个小伙伴只好离开，淘淘不死心，他想，亲自去问问苏静瑞算了。他可是记得打赌的事，输了多丢人。

"我不去可以吗?"安琪有点害怕，苏静瑞可是外星人耶。

"你不去的话，我干吗要把打赌的期限缩短呀。"淘淘

看着她，觉得多一个人多一份力量，万一苏静瑞真的是外星人……

"那就别缩短了。"

"我可不是那种说话不算数的人。"

"你什么意思呀？"

孔文文一旁听着，见他们有要斗嘴的趋势："一起去吧，安琪，你也知道，淘淘一向是想到什么说什么，你也不是那么小气的呀，对吧？"

淘淘微笑："一起去咯。"

考虑了一会儿，安琪才点头同意。

三个小伙伴向苏静瑞家进军，到了他家门口，淘淘按响门铃，却不见有人来开门。

于是淘淘绕到周围看了一下，窗帘都紧闭，看不见里面。

安琪跑过来，声音很小："淘淘，门没锁耶。"

淘淘急忙跑到门口，门确实能打开。

"进去看看。"

"不好吧？"孔文文有些犹豫。

"也许秘密全部都在房内。"淘淘说着就进去了。两个女生无奈，也跟着进去。

淘淘朝客厅的右边看去，苏静瑞的房间在那个方向。

他走过去打开房门，屋内光线昏暗，但是能隐约瞧见床上躺着一个人。

"苏静瑞。"他轻声叫了一下，苏静瑞睡得可真沉。

两个女生一前一后，孔文文朝门旁摸去，摸到一个开关，按下去。

"嗒"的一声，房间亮了起来，床上的苏静瑞惊醒。

然而三个小伙伴却吓傻了，特别是两个女生吓得"哇哇"大叫，一屁股瘫坐在地板上。

苏静瑞的"全副武装"卸掉了，能清楚地看到他的相貌，他没有头发，也没有眉毛，脸部肿大而凸起，严重变了形，皮肤上还有一些发亮的颜色，可能是涂了药水……

天哪！他整个人看起来像怪物！名副其实的怪物！

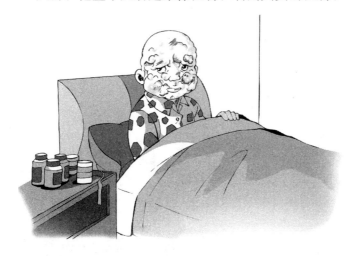

苏静瑞也刚醒过来了，他发出了撕心裂肺的喊叫。

"外……星人……"安琪的声音发软，腿也发软。

孔文文站了起来，胳膊和腿都在打哆嗦。

淘淘像雕塑似的，人一动不动，眼睛一眨不眨。

只见苏静瑞发疯似地嚎叫，挣扎着起床，抓起椅子上的"防护服"，胡乱地往身上套。全部都穿上，戴上，他依旧叫声惨兮兮，然后拔腿就往外跑。

三个小伙伴傻愣了一下，才慌慌张张追出去，可是到门外，却不见他的人影。

"他怎么突然能跑了？"淘淘疑惑。

"他是外星人，他本来就能跑。"安琪哆哆嗦嗦道。

"他愤怒了，我能感觉得到。"孔文文战战兢兢地说。

最美丽的笑容

"去学校看看。"

三个小伙伴跑去学校寻找了一番，没有苏静瑞的踪影。

他们又跑去他爸妈的饭店，看看他有没有去。

结果他不在，三个小伙伴没敢把事实说出来，他们想试探性地问问。

"苏静瑞真的不在这里吗?"

"当然,他也不会来,他知道我们很忙。"阿姨说,"他应该在家里待着。"

"苏静瑞为什么……会那个样子?"淘淘忍不住问。

"我说过了,你们为什么还要问?"阿姨板着脸。

"样子?你们……看见了?"叔叔的眼神有些不友好,又有些惊慌。

"我们没有恶意。"孔文文急忙说。

"你们为什么不敢说原因?"安琪停顿了一下,还是说出口了,"难道他是外星人的弃婴?无意间被你们捡到了?"

"外星人!"叔叔一听,拍案而起,桌子上的几个茶杯一下子被震落到地板上,"哗啦——"摔碎了。他的脸色极度愤怒,胸脯剧烈起伏,眉毛都竖起来了,"天哪,什么外星人弃婴?他是我们的亲生儿子!"

三个小伙伴吓坏了,或者说吓傻了。

阿姨的神情更是难以形容,忧虑、悲伤,还有痛苦,一起涌现出来,眼泪像雨点一样滴落:"我们的儿子……他……不是外星人,他、他、他是英雄!他不是外星人……我,我不许你们这么说他!"

三个小伙伴你看看我,我看看你,眼神都很茫然。

叔叔的语气十分悲壮："你们都给我听着，我儿子是个普通人……不！他是一个英雄！我们为他感到自豪……"

三个小伙伴静静地听完，都震惊了。

真相原来竟是这样：

半年前的一天，苏静瑞一个人在家里写作业。他突然闻到了焦味，出去一看才知道邻居家着火了，烟火里传出两岁小孩子的哭声。门紧锁着，小孩的父母不在家，火苗越来越旺，烟越来越浓，小孩子的叫声惊恐而惨厉。

十二岁的苏静瑞，从家里找出锤子，使出全身的气力拼命砸锁，门开了，大火像海浪一样卷来……

隔着浓烈的火焰、滚滚的浓烟，他看到两岁的小女孩躲在角落里，已吓得失去了哭声……

苏静瑞救了那个小女孩。

小女孩在苏静瑞的掩护下安然无恙，而苏静瑞整个人却被严重烧伤！头发被烧光，眉毛被烧焦，脸被烧得变形，严重毁容！身上的衣服也烧着了，皮肤多处灼伤，最惨的是一直护着小女孩的右手，几乎被烤焦，一根手指感染溃烂，不得不截掉……

哦，天哪！这就是真相！

这就是苏静瑞穿着全身铠甲的秘密。

171

被烧成了一个"怪物"，苏静瑞的内心非常痛苦。他不想让别人知道他的样子，他拒绝别人看到他的面貌！寂静的夜晚，苏静瑞独自站在镜子面前，泪水如河流般夺眶而出，那种心情实在无法用语言表达。

他晚上经常做噩梦，常常睡不好觉，为此他们一家三口搬离了那个伤心之地，换了一个新环境。

他爸妈现在拼命挣钱，就是希望能给他做一次完美的整容手术。

三个小伙伴眼睛通红，泪如雨下。想想之前，不想让别人看到自己"外星人模样"的苏静瑞，受了多少委屈啊。他被同学误解、误会，甚至侮辱，他只是深深地自卑，默默地忍受……

孔文文好像想起了什么，焦急万分："如果他不在这里，他会去哪里？对不起！叔叔阿姨，我们……他跑了……"

"他会不会做傻事？"安琪用手帕抹着眼泪。

叔叔阿姨一下子慌了手脚："他……他……不见啦？"

"叔叔阿姨先别急，我们帮忙找。"淘淘皱紧眉头。

"我们也不知道他去了哪里。"两个大人急着要关店，他们要去找儿子。

"我们会到处找找。"三个小伙伴说完，匆忙跑出去。

一路上他们逢人就问，有没有见过如此模样，跟我们一般大的小孩……他们又是比画又是形容。一直问到口干舌燥，筋疲力尽，他们也没问到任何线索。

苏静瑞，你究竟去了哪儿？

天色已晚，三个小伙伴只好回家。明天是星期一，他们打算依靠师生的力量去寻找，而且这件事也应该让同学

173

们知道，不能让大家
再误会下去了。

于是孔文文打了
电话，把一切真相告
诉了班主任。班主任
并不知情，听后，她
也是感慨万千。

星期一，升国旗
时，校长郑重地站在
旗台上，向全校师生
宣布了苏静瑞的英雄
事迹。

全校师生没有一
个不掉眼泪的，特别是曾经欺负、侮辱过苏静瑞的学生，
他们一个个羞愧难当，深深后悔。

寻找英雄的行动立刻展开。

然而，三天过去了，没有一个人得到英雄的消息。

苏静瑞的妈妈几乎都快病倒了。

三个小伙伴前去探望苏静瑞妈妈，苏静瑞爸爸不在
家，一直在外面找人。

客厅的茶几上放着一张照片，阿姨靠在沙发上，一脸

悲伤，全是愁容。

安琪拿起照片，照片上是一个阳光男生：

"这个人是谁？好帅啊！"

"我儿子……"阿姨的声音似乎在颤抖。

三个小伙伴吃惊极了，同时也深深惋惜。

苏静瑞的房门敞开着，淘淘下意识地走进去，房内的窗帘

可能是被苏静瑞妈妈拉开了吧，屋内很明亮。

一面镜子前挂着许多的纸鹤，微风吹来，纸鹤仿佛自由地在空中飞翔。那些应该都是苏静瑞的画，他说过喜欢把自己的画折成纸鹤。

不过，淘淘发现有一张画却没有折成纸鹤，那张画贴在墙上。画中有两个男生，一个在爬树，一个在树下看着，那是一棵枣树，画上有日期，这是半年前的画，画上还有字：美好年华。

淘淘盯着画，他似乎发现了什么，急忙回客厅拿起茶几上的照片。照片上的苏静瑞脖子上有颗黑痣，那张画，爬树的男生，脖子上也有黑痣。

那么，树下的男生是谁呢？

苏静瑞有可能去找那个男生了，他们应该是好朋友。

"阿姨，静瑞有几个好朋友？很好的那种朋友。"淘淘问。

"如果说最要好的朋友，好像只有一个，以前他们经常在一起玩。"

"他会不会在那个好友家躲起来了？"

阿姨摇摇头："半年前，那个孩子和家人一起出国了。"

"啊？"淘淘有点失落，本以为有线索了。

"既然他们经常在一起，那他们应该有经常去的地方吧？"孔文文想了想。

"这个，我怎么没想到，不过……"阿姨又摇摇头，"以前我就知道静瑞经常去他家玩，他家有一棵枣树……反正他家现在没有人住了。"

枣树？那就对了，那张画也有枣树。

"我们想去看看。"淘淘认为有必要去一趟。

阿姨说那家旧宅子在郊区，有点偏僻。

三个小伙伴记下地址，边问边找，好不容易才找到。那个地方还真偏僻，是个四合院，一扇大铁门把院子锁住了。

　　三个小伙伴站在院外张望，他们看见了绿油油的枣树，同时发现一个身影闪进了房子里，好像……就是苏静瑞！

　　三个小伙伴惊喜不已："苏静瑞，快开门，我们是来帮你的！你爸妈为你有多着急，多担忧，你知道吗？"

　　苏静瑞躲在房内，不回应他们。

　　淘淘望着大铁门，他想爬进去。

　　"太危险了吧？"两个女生担心。

　　"苏静瑞都会爬树，我爬个大铁门算什么。"淘淘已向上爬，"你们可要盯紧我，掉下来的话，可要接住我呀，否则会屁股开花的。"

　　两个女生点点头，叫他小心点，同时紧张地看着他。

　　淘淘非常小心地爬上又爬下，安全着陆了，他拍了拍手，手上都是锈。

　　他朝房子奔去，使劲敲门："快开开门，好吗？苏静瑞。"

　　"淘淘，你先让我们进去呀。"安琪大叫。

　　淘淘在院内转了一圈，没发现有别的出入口。

孔文文望着房门外的几盆花："咦，不是半年没人住了吗，那花怎么还活得如此鲜艳呢?"

淘淘想了一下："也许他来过不止一次。"

"对了，看看花盆底下有没有钥匙?"安琪朝淘淘喊，"我家的钥匙就放在花盆下。"

淘淘弯腰查看，还真看到了一把钥匙。这是开哪把锁的呀，钥匙还蛮大的。看看房门，不对孔的样子，再看看大铁门的锁，有点相配。

他急忙走到大铁门，把钥匙给她们试试。

这把钥匙果然是开大铁门的，两个女生飞快地跑进去。

"静瑞，你是英雄，我们的英雄! 之前是因为不知内情，同学们才会有所误解，但这一切都过去了，我们没有一个人不敬佩你的。"安琪大声说。

孔文文把自己知道的统统倒出来："静瑞，外貌不是唯一，心灵才是最重要的! 知道《钢铁是怎样炼成的》这本小说吗? 主人公保尔·柯察金历经战火的洗礼，出生入死，身残志坚。他说：人最宝贵的是生命，生命属于人只有一次。人的一生应该是这样度过：当你回首往事时，不因虚度年华而悔恨，不因碌碌无为而羞愧。我相信你有这样的心态，难道不是吗? 否则你就不会坚强地去学校读书，坚强地画画，你是英雄，永远的英雄!"

淘淘热血澎湃："我们都相信你是勇敢的，你房间的镜子说明了一切，你的心很坚强，你敢于面对自己!"

"没有人不想实现自己的价值，你已经实现了一半，你所做的，也许别人用尽一生都无法做到……"

三个小伙伴发挥平生所学，滔滔不绝，讲述着真诚的话语。

房内的苏静瑞走到窗户下，偷偷瞥了几眼，他内心激荡不已。三个小伙伴说的话触动了他的心弦。

泪水，从墨镜后流淌下来。

三个小伙伴见他始终还是不开门，忧心忡忡。

孔文文走到一旁，打起电话，她要通知班主任……

三个小伙伴坚持不懈地开导他，鼓励他。

很快，院子里涌进来许许多多的学生和老师，全校的师生几乎都出动了，为了英雄而来。

连校长也来了，他眼睛湿润，手持喇叭告诉苏静瑞，你是我们最值得敬仰的小英雄……

曾经欺负过苏静瑞的同学，小鱼、王强还有罗杰等，向校长借用喇叭，一遍又一遍地向苏静瑞道歉，乞求原谅，请求他出来见大家。

淘淘在人群中看见了一个人，是方楠，他挤过去：

"方楠姐姐，可以说说你的身份吗？"

"我是小女孩的姐姐。"方楠望着前方，脸上焦急万分。

原来如此，淘淘猛拍一下脑门："忘记通知叔叔阿姨了。"

"我通知吧。"方楠向一旁走去。

不知不觉，老师和同学纷纷唱起了一首歌："……就算很受伤/也不闪泪光/我知道/我一直有双隐形的翅膀/带我飞/飞过绝望……"歌声飘向空中，弥漫整个庭院，流进了站在窗台下的苏静瑞的心中。他被同学们的真诚之心所感动。

终于，苏静瑞再也忍不住了，冲到门口拉开门。

三个小伙伴相互看了一眼，眼泪止不住流了下来。

校长第一个上前拥抱了苏静瑞，心情无比沉重："好孩子，这么热的天，老裹着身体，对脆弱的皮肤不好啊。"

苏静瑞看着这么多的师生对他伸出了关爱之手，内心深处再次被触动，他有了想揭去"武装"的冲动，他感觉到了同学们的诚意，像是给了他自信的阳光，自由的空气，明朗的天空，他要揭去心灵的迷茫。

阳光变得柔和，所有人的目光真诚而温暖。

苏静瑞缓缓卸下了脸上的"武装"……

脸部因烧伤而变形，这是一张近乎怪物的脸，但没有人发出尖叫，同学们的眼睛还有心灵已经被感动和敬佩弥漫……

"静瑞，你是我们的英雄！"

"静瑞，你是我们的榜样！"

同学们高呼。

淘淘走上前，伸出手，真诚微笑着："静瑞，我想成为你的朋友，可以吗?"

孔文文和安琪也赶紧说："我们也想成为你的朋友！"

身后的同学们也大声说："静瑞，我们也是你的朋友！"

苏静瑞颤抖地伸出手去，是只有四根手指的右手。这次的颤抖不是因为害怕，也不是紧张，而是因为内心激动。

他的泪水涌了出来。

他握住了淘淘的手。

他的目光抬起，越过淘淘真诚的脸，望向众多的师生……

阳光下，一只小鸟在空中自由地飞翔。

苏静瑞的嘴动了动，他露出充满童心的微笑。

因为脸部变了形，那笑容看起来有些丑陋，但大家都

认为，那就是世界上最美丽最好看的笑容。

是的，那就是世界上最美丽最好看的笑容。